# 누구나 혼자이지 않은 사람은 없다

# 누구나 혼자이지 않은 사람은 없다

**1판 1쇄 발행** 2015년 11월 11일 **1판 3쇄 발행** 2021년 5월 31일

**지은이** 김재진
**발행처** 꿈꾸는서재 **발행인** 황은희, 장건태
**주소** 경기도 파주시 돌곶이길 170-2(10883)
**등록** 2018년 10월 4일(제406-2018-000114호)
**전화** 031)955-9790 **팩스** 031)946-9796 **전자우편** info@suobooks.com
**홈페이지** www.suobooks.com
**ISBN** 979-11-953221-7-6 03810 책값은 뒤표지에 있습니다.



이 도서의 국립중앙도서관 출판시도서목록(CIP)은 서지정보유통지원시스템 홈페이지(http://seoji.nl.go.kr)와
국가자료공동목록시스템(http://www.nl.go.kr/kolisnet)에서 이용하실 수 있습니다.(CIP제어번호: CIP2015028434)

# 누구나 혼자이지 않은 사람은 없다

김재진

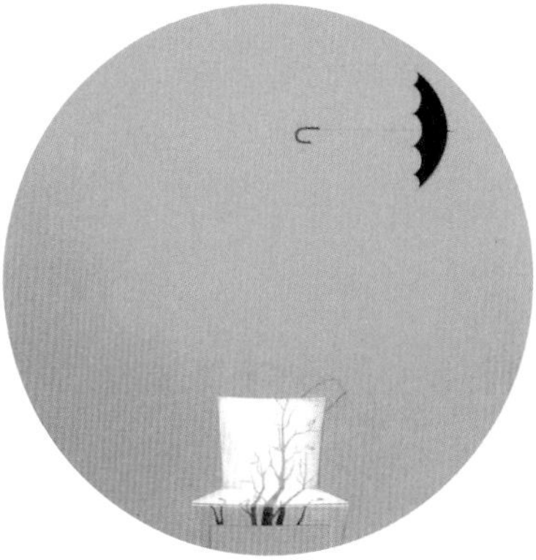

꿈꾸는서재

차
례

## 눈앞의 세월 다 지워지고

## 삶이 나를 불렀다

## 문 앞에 있는 이별

## 사랑하기 위해 사람들은 사랑을 앓는다

## 시인의 말

왔다간 가고, 갔다간 다시 오는 저 계절을 나는 몇 번이나 더 볼 수가 있을까? 세상 가득 그윽한 흔적을 남기고 간 꽃들의 향기를 나는 얼마나 더 추억할 수 있을까? 감잎 물들이는 가을볕이나, 노란 망울 터뜨리는 생강꽃의 봄날을 정말 나는 몇 번이나 더 누릴 수가 있을까?

가을이 먼 산을 단풍으로 물들인 날, 감수성 예민한 지인으로부터 받았던 문자를 잊을 수가 없다.

"지금은 대학생이 된 어떤 여학생이 고등학교 때 왕따를 당해서 죽으려고 생각했는데 어느 날 엄마 책장에서 김재진 시인의 시집을 읽고 살아야겠다고 마음을 바꿨다고 해요. 시가 한 젊은이의 생명을 건졌다는 사실이 제 일처럼 기뻤어요."

임종을 눈앞에 둔 어머니를 보며 슬픔에 잠겨 있던 내게 문자의 내용은 정신이 번쩍 들게 하는 것이었다. 한 편의 시를 읽고 죽으려던 마음을 바꾼 사람이 있다니? 한 조각 빵이나 한 모금의 물만큼도 유용하지 못한 시가 누군가의 삶을 바꾸는 계기가 될 수 있다는 것은 참으로 기적 같은 일이다.

바뀌는 계절은 우리를 글썽이게 한다. 가까운 이의 죽음은 우리를 나락으로 빠트리기도 하며, 인생에서 만나는 좌절은 우리를 가파른 절벽 앞에 세우기도 한다.

달리는 열차에 뛰어들 마음으로 철길 옆에 서거나, 강물 넘실대는 교각에 올라가 세상을 버리려는 사람에게 시는 한낱 무용지물의 문자에 불과하다. 그러나 가끔은 이런 일도 있는 것이다. 힘 없는 한 편의 시가 누군가의 어두운 마음을 한순간에 그렇게 바꿀 수도 있는 것이다.

시가 정말 절박한 우리 삶을 위로하는 토닥거림이 될 수 있다면 좋겠다. 상처 난 나 자신의 삶을 토닥거리고, 나아가 내 이웃의 아픈 상처를 어루만지는 따뜻한 손길이 될 수 있다면 좋겠다.

나는 내가 쓰는 시가 세상을 위로하는 잔잔한 읊조림이기를 바란다. 낮은 그 읊조림이 상처 난 사람들의 마음속에 따뜻한 물살처럼 퍼져나가, 그 따뜻함으로 세상의 차가움을 조금이라도 녹일 수 있다면 좋겠다. 또한 나는 시가 기도가 되기를 바란다. 기도밖에 아무것도 할 수 없는 절망적인 순간에 가만히 손 내미는 친구의 다정한 미소가 되기를 바란다.

나는 내가 쓰는 이 문자들이 머리를 아프게 하는 암호가 아니라 단 한 사람의 마음이라도 움직일 수 있는 진정한 시가 되길 원한다. 불행한 사람들이 불행에서 놓여나고, 슬픈 사람들이 슬픔으로부터 벗어나고, 아픈 사람들이 아픔의 질곡으로부터 벗어나 꿈꿀 수 있는, 나는 내가 쓰는 시가 그렇게 삭막한 세상을 어루만지는 빛이 되기를 원한다.

눈앞의 세월
다 지워지고

슬픈 사람들이 슬픔에서 벗어나기를

아픈 사람들이 아픔에서 벗어나기를

외로운 사람들이 외로움을 딛고

미소를 찾기를

무제_캔버스에 아크릴채색_116×116cm_2004

## 꽃

움직이지 못하는 노모의
머리를 감기기 위해 고심하다
화단의 물뿌리개로 머리를 감겼다.
꽃처럼 화사하게 살지 못한
어머니의 한 생이
임종을 앞에 두고 꽃이 되었다.

# 우리 살던 옛집에

헌옷 벗어 걸어놓고 아버지는
어디로 가셨나?
마당에 서 있던 목련나무
허리가 굵어졌고
벽 위에 박았던 못 그대로 있는데
어디로 가신 건지 아버지
소식을 알 길 없다.
환한 햇살이 창호지에 비치던 방
입고 계시던 모시옷의 깔깔한 감촉만
아물거리며 손끝에 남아 있는데
껄껄, 웃음 터뜨리던 아버지는
그날 밤 누이가 꾼 꿈을 끝으로 나타나지 않으신다.
우리 살던 옛집에 해 지면 분꽃 피고
허물어진 부뚜막 아래 귀뚜라미 소리 들린다.
물기 빠진 광목을 팽팽하게 맞잡으며
세월을 두드리는 어머니의 다듬이질 소리
슬픔도 늙는 건가?
슬픔도 우리처럼 나이를 먹는 건가?
내 모습 속에서 문득 나는 아버지를 발견한다.

우리 살던 옛집에 저녁이면 불 켜지고

찬바람 불면

자전거 타고 돌아오실 아버지를 기다리며

아랫목에 묻어둔 밥그릇 하나

자르르, 기름기 흐르는 밥알들을 껴안고 있다.

# 못

당신이 내 안에 못 하나 박고 간 뒤
오랫동안 그 못 뺄 수 없었습니다.
덧나는 상처가 두려워서가 아니라
아무것도 당신이 남겨놓지 않았기에
말 없는 못 하나도 소중해서입니다.

# 나무

문득 눈앞의 세월 다 지워지고
사람이 아름다울 때 있다.
수첩 속에 빽빽하던 이름들 하나같이
소나기 맞은 글씨처럼 자국으로 번질 때
흔적도 없이 사라져갈
사람이 아름다울 때 있다.
세파에 치여 각양각색인
남루 또한 지나간 상처 마냥 눈물겹고
서 있는 사람들이 한 그루 나무처럼
이유 없이 그냥 아름다울 때 있다.
가파른 세월이야 지나면 그뿐,
코끝에 감도는
한 자락 커피 향에 두 눈을 감고
비 맞는 나무처럼 가슴 적시는
무심한 몸놀림이 아름다울 때 있다.

## 혼자 남은 사람에게

아무것도 줄 것 없어 새들은
눈 위에 발자국 하나 찍어놓고 갔나 보다.
아무것도 남길 것 없어 사람들은
마음속 눈물자국 흘려놓고 갔나 보다.
함께 걷던 길을
이제는 혼자 남아 마저 간다 해도
슬픔이 두려워 사람들은
저장된 번호 하나 지우지 못하나 보다.
뭔가를 기다리며
기다릴 그 뭔가가 있는 것처럼 시간을 보며
잊혀질 것이 두려워 사람들은 끝내
잊지 못하는가 보다.

# 먼길 떠날 때

서랍을 정리하고
늘어놓은 책 모아 제자리에 꽂아놓고
갚아야 할 것, 받아야 할 것 꼼꼼히 기록해
책상 위에 접어두고
잠든 식구들 얼굴 한 번씩 떠올려 보고
만약 돌아오지 못한다면…
유서 쓰듯 편지 쓰다 찢어버리고
여권과 항공권과 약간의 현금이 든
지갑을 머리맡에 두고
가벼운 기대와 가벼운 걱정이 동침하는
잠의 입구로 걸어가다 문득
잊었던 사람 만나듯
내 안에 숨어 있던 내 얼굴을 만난다.

# 혼자 가는 여행

가을에는 모든 것 다 용서하자.
기다리는 마음 외면한 채
가고는 오지 않는 사람을
생각하지 말고 그만 잊어버리자.
가을의 불붙는 몸에 이끌려
훨훨 벗고 산 속으로 가는 사람을
못 본 척 그대로 떠나보내자.
가을과 겨울이 몸을 바꾸는
텅 빈 들판의 바람소리 밟으며
가을에는
빈손으로 길을 나서자.
따뜻한 사람보다 많은 냉정한 사람들,
사랑하는 사람보다 더 많은 미운 사람들을
한꺼번에 모두 잊어버리자.
한 알의 포도알이 술로 익듯
살아갈수록 맛을 내는 친구를 떠올리며
강처럼 깊어지자.
살아가며 우리가 만나야 했던 미소와 눈물,
혼자 있던 외로움 하나하나 배낭에 챙겨 넣고

가을에는

함께 가는 이 없어도 좋은

여행을 떠나자.

# 가을입니다

한 그루 나무이고 싶습니다.
메밀꽃 자욱한 봉평쯤에서
길 묻는 한 사람 나그네이고 싶습니다.
딸랑거리며 지나가는 달구지 따라
눈 속에 밟힐 듯한 길을 느끼며
걷다간 쉬고, 걷다간 쉬고 하는
햇빛이고 싶습니다.
가끔은 멍석에 누워
고추처럼 빨갛게 일광욕하거나
해금강 바라뵈는 몽돌밭 지나는
소금기 섞인 바람이고 싶습니다.
플라타너스의 넓은 잎이
구두 아래 바지락거리는 이맘때
허수아비처럼 팔을 벌린 내 마음은
황금빛으로 물들고 있습니다.

## 달빛가난

지붕 위에도 담 위에도
널어놓고 거둬들이지 않은 멍석 위의
빨간 고추 위로도
달빛이 쏟아져 흥건하지만
아무도 길 위에 나와 있는 사람은 없습니다.
'아부지, 달님은 왜 산꼭대기에 올라가 있나요?'
'잠이 안 와서 그런 거지.'
'잠도 안 자고 그럼 우린 어디로 가요?'
'묻지 말고 그냥 발길 따라만 가면 된다.'
공동묘지를 지나면서도 무섭지 않았던 건
아버지의 눌변이 있었기 때문입니다.
'아부지 그림자가 내 그림자보다 더 커요.'
'근심이 크면 그림자도 큰 법이지.'
그날 밤 아버지가 지고 오던 궁핍과 달리
마을을 빠져나오며 나는
조금도 가난하지 않았습니다.

# 여우

은밀한 서로를 더듬거나
서로의 상처를 핥고 있는
한 마리 여우처럼
우리는 길 위를 헤맵니다.
세상이 놓은 덫을 요령 있게 피하거나
킁킁거리며 서로를 탐색하는
한 마리 여우처럼 우리는
세상을 배웁니다.
어쩌면 다시는 찾을 수 없는
사랑이란 낱말 하나 꼬리 뒤로 감춘
사라진 여우처럼 우리는
슬픔에 길듭니다.

# 여행

그런 것이다 여행은
천 년 전 내 전생이 살아 있던 곳
복잡한 바자르와 골목길 지나
하늘은 강을 끌어당겨 장작 위에 눕히는데
떠내려가는 저 촛불은 언젠가 내가 흘린 눈물인 건 아닐까
타다가 만 몸뚱이가 물속으로 잠기고
한 장의 비단 감듯 몸치장하는 강 저쪽
흘러가는 것이다 여행은
일몰의 갠지스가 사리를 바꿔입듯
한 송이 문다꽃이 귀 뒤에 꽂히듯
낯선 향기 앞에 한 번쯤 멈추어 서는 것이다.
똑딱거리던 시간이 발을 감추고
최면 걸린 욕망이 순례자처럼
입술이 다 닳도록 진언을 외며
오체투지하는 것이다 여행은
원색의 사리 걸친 한 생애가 먼지 속에 육탈되듯
나마스떼, 나마스떼, 두 손 모아 합장하며
양은그릇처럼 덜그럭덜그럭 흔들리거나
벗어나는 것이다.

# 감꽃 피는 집

감나무가 있는 집에 살고 싶다.
마당에 떨어지는 감꽃 실에 꿰어
눈 맑은 사람에게 걸어주고 싶다.
행복이 가끔은 해맑음을 바라보는 그
가볍디가벼운 순간 속에 있다는 사실을
늦깎이로 배우며
산그늘이 내려와 서늘한 저녁 속을
느낌표 되어 있고 싶다.
마당엔 싸리비 흔적, 마음 비우듯 가지런하고
산사같이 고적한 생의 한순간을
한 모금 샘물로 적셔놓으며
감꽃 목걸이 걸어 누군가를 맞이하고 싶다.
더러는 아련하게, 가끔은 해사하게
먼길 가듯 떠오르는 미소 하나
입가에 올리고 싶다.
늦가을이면 가지 끝에 까치밥 하나 매달아놓고
다 내어준 허전함으로 바람에 묻어 울고 있는
키 큰 감나무가 있는 집에 살고 싶다.
하늘이 언덕 아래 키를 낮출 때

하얀 버선발 디뎌 찾아올

겨울이 아름다운

그런 집에 살고 싶다.

# 강가푸르나

둥근 달이 떴습니다. 거기서나 어디서나
둥근 달은 부신 달이라
푸르르 날아가는 빛새들이 정정하게 날 세우고 있는
산들을 불러
산은 산에게, 또 그 산은 저 산에게
거울 속에 비치듯 서로를 되비추는 울림의 연못이 눈부셨지요.
마음을 다 주고도 발등 한번 쓸어안지 못한 만년晩年의 그 눈
만년 동안 머리에 이고 있는 은빛 그 달들 내려놓지 못해
산들은 허공 가득 푸르르 날아가는 빛새들을 키웁니다.

*강가푸르나는 만년설 덮인 히말라야의 산군山群

# 여행은 때로

때로 여행은 그럴 때 있어라.
낯선 이들 속에 앉아 맛없는 음식을 먹거나
보내기 싫은 사람을 보내야 할 때 있어라.
지구의 반대편을 걸어와 함께 시간을 나누던
친구와 작별하듯 여행은 때로
기약 없는 이별일 때 있어라.
닫혀진 문 밖으로 음악이 흐르고
때로는 마음이 저절로 움직여
모르는 여인을 안고 싶을 때 있어라.
한때는 내 눈이 진실이라 믿었던 것
초처럼 녹아내려 지워질 때 있듯이
여행은 때로 행복한 도망일 때 있어라.
음음음, 소리 내어 와인 향기 음미하듯
눈 감고 바라보는 향기일 때 있어라.
숨죽인 채 들어보는 침묵일 때 있어라.

# 얼마나 더 가야 그리움이 보일까

문이 닫히고 차가 떠나고
먼지 속에 남겨진 채 지나온 길 생각하며
얼마나 더 가야 그리움이 보일까.
얼마나 더 가야 험한 세상
아프지 않고 외롭지 않고
건너갈 수 있을까.
아득한 대지 위로 풀들이 돋고
산 아래 먼길이 꿈길인 듯 떠오를 때
텅 비어 홀가분한 주머니에 손 찌른 채
얼마나 더 걸어야 산 하나를 넘을까.
이름만 불러도 눈시울 젖는
생각만 해도 눈물이 나는
얼마나 더 가야 네 따뜻한 가슴에 가 안길까.
마음이 마음을 만져 웃음 짓게 하는
눈길이 눈길을 만져 화사하게 하는
얼마나 더 가야 그런 세상
만날 수가 있을까.

# 어린 가을

가을 벌레가 우네.
아직 엄마 품에 있고 싶은 어린 가을이
훌쩍훌쩍 풀섶에서 울고 있네.
눈 감으면
저만치 가고 있던 여름이
쥐고 있던 별들을 강물에 던져 넣네.
잠시 세 들어 사는 집도 내 집인 양
정들면 떠나기 힘드네.
정들면 상처마저 버리기가 힘드네.
벌레라도 저런
울고 있는 벌레라면 예쁘기나 하겠네.
벌레 기듯 징그러운 한 세월을
나, 정들어도 더 못 사네.
마당에 나가 하늘을 보면
아무것도 보이는 것 없네.
어디서 우는지 벌레는
풀섶도 아무 곳도 있을 만한 곳이 없네.
정들면 눈물마저 버리기가 힘드네.

# 화개

숲에서 종소리가 난다.
고온의 불을 견딘 대나무 숲이
처마 끝에 매달려 땡그랑 땡그랑
풍경소리를 낸다.
뜨거워질수록 더 맑아지는 종소리
얼마나 더 가야 소리 하나 얻을 수가 있을까.
가을날,
눈부신 섬진강 물빛,
무거운 마음 내려놓고 화개에서 하동까지
놀러 가는 내 몸이 단풍잎 같다.

## 혼자라고 느낄 때

혼자라고 느끼는 그 순간 당신은
세상과 정들기에 실패한 것이다.
나와 타인을 구분하는 금 위에서
누구에게도 먼저 손 내밀지 않고 당신은
스스로 갇혀 있는 것이다.
당신이 만약 혼자라서 외롭다면
외로움의 크기만큼 당신은
깊어지고 있는 것이다.
당신이 어디서나 혼자라고 느낀다면
우주의 저쪽과 이쪽에서 당신과 나는
자석의 다른 극이 되어 서로
밀어내고 있는 것이다.

## 따뜻한 그리움

찻잔을 싸안듯 그리움도
따뜻한 그리움이라면 좋겠네.
생각하면 촉촉이 가슴 적셔오는
눈물이라도 그렇게 따뜻한 눈물이라면 좋겠네.
내가 너에게 기대고 또 네가
나에게 기대는
풍경이라도 그렇게 흐뭇한 풍경이라면 좋겠네.
성에 낀 세상이 바깥에 매달리고
조그만 입김 불어 창문을 닦는
그리움이라도 모락모락
김 오르는 그리움이라면 좋겠네.

# 가득한 여백

만약에 네가 누군가에게 버림받는다면
네 곁에 오래도록 서 있으리라.
쏟아지는 빗줄기에 머리카락 적시며
만약에 네가 울고 있다면
눈물 멎을 때까지 가만히 기다리리라.
설령 네가 나 아닌 다른 사람을 위해
때아닌 장미를 고른다 해도
주머니에 손 넣은 채 웃기만 하리라.
가시에 손가락 찔린 네 예쁜 눈이
찡그리며 바라보는 그 짧은 순간을 다만
안타까운 추억으로 간직하리라.
만약에 내가 너로부터 버림받는 순간 온다면
쓸쓸한 눈빛으로 돌아서리라.
돌아서서 걸어가는 그 긴 시간을
너의 후회가 와 채울 수 있도록
가득한 여백으로 비워두리라.

## 사랑하는 사람에게

당신 만나러 가느라 서둘렀던 적 있습니다.
마음이 먼저 약속장소에 나가
도착하지 않은 당신을 기다린 적 있습니다.
멀리서 온 편지 뜯듯 손가락 떨리고
걸어오는 사람들이 다 당신처럼 보여
여기예요, 여기예요, 손짓한 적 있습니다.
차츰 어둠이 어깨 위로 쌓였지만
오리라 믿었던 당신은 오지 않았습니다.
그러나 그런 것입니다.
어차피 삶 또한 그런 것입니다.
믿었던 사람이 오지 않듯
인생은 지킬 수 없는 약속 같을 뿐
사랑 또한 다르지 않습니다.
실망 위로 또 다른 실망이 겹쳐지며
체념을 배웁니다.
잦은 실망과 때늦은 후회,
부서진 사랑 때문에 겪는
아픔 또한 아득해질 무렵
비로소 깨닫습니다.

왜 기다렸던 사람이 오지 않았는지,

갈망하면서도 왜 아무것도 이루어지는 것이 없는지,

사랑은 기다림만큼 더디 오는 법

다시 나는 당신을 만나기 위해 나갑니다.

# 너를 만나고 싶다

나를 이해하는 사람을 만나고 싶다.
사소한 습관이나 잦은 실수,
쉬 다치기 쉬운 내 자존심을 용납하는
그런 사람을 만나고 싶다.
직설적으로 내뱉고 이내 후회하는
내 급한 성격을 받아들이는
그런 사람과 만나고 싶다.
스스로 그어둔 금 속에 고정된 채
시멘트처럼 굳었거나 대리석처럼 반들거리며
한 치도 물러서지 않는 사람들 헤치고
너를 만나고 싶다.
입꼬리 말려 올라가는 미소 하나로
모든 걸 녹여버리는
그런 사람.
가뭇한 기억 더듬어 너를 찾는다.
스치던 손가락의 감촉은 어디 갔나.
다친 시간을 어루만지는
밝고 따사롭던 그 햇살.
이제 너를 만나고 싶다.

막무가내의 고집과 시퍼런 질투.
때로 타오르는 증오에 불길처럼 이글거리는
내 못된 인간을 용납하는 사람.
덫에 치여 비틀거리거나
어린아이처럼 꺼이꺼이 울기도 하는
내 어리석음 그윽하게 바라보는
그런 사람을 만나고 싶다.
내 살아가는 방식을 송두리째 이해하는
너를 만나고 싶다.

# 새들도 슬픔이 있을까

하늘에 뿌려놓은 새의 발자국,
오래도록 잊지 못하는 사람 있어
안개꽃 다발을 흔든다.
지겹도록 떨어지는 링거 한 방울,
병실엔 침묵이
바깥엔 채 이별이 도착하지 않았다.
아침녘에 꺼내놓는 시리고 찬 이름 하나.
보낼까 말까 망설이는 편지의 모서리가
주머니 밖으로 하얗게 손가락 내밀고 있다.
시린 입김 올리며
쓸쓸한 날엔 철길을 걷는다.
연기 흩어진 하늘을 떼 지어 날아가는 새떼,
강을 건너가는 햇빛의 발이
꽁꽁 얼어 애처롭다.
새들도 슬픔이 있을까.
가갸거겨, 소리 내며 흩어지는
무수한 저 글자들도 사연이 있을까.

추락하는 이름 위에 앉아본다.
내가 사랑에 실패하는 건 다만
사랑을 믿지 않기 때문이다.

# 먼산 같은 사람에게 기대고 싶어라

돌아서면 까먹고 이제 늙었나 봐.
물 위에 얹어놓은 냄비 졸아붙었다며
한탄하는 아내의 그 한마디에 어머니 생각합니다.
적어놓지 않으면 아무것도 기억할 수 없고
언젠가부터 난초 향기조차 느낄 수 없다시며
돌아가시기 전 아버지가 그렇게
후각이 없어지더라고 혼잣말하시는 어머니
연휴 때 세상 떠나면 차가 막혀
아이들 내려올 때 불편할지 모른다고 걱정하시던
아버지 돌아가신 뒤 어머니 기대어 계시던
먼산 바라보며 옛날 생각합니다.
자식에게 폐 끼치지 않고 세상 떠나겠다며
병원 가시는 것도 거절한 채 단명斷命하신
아버지 생각하며 어머니 생각합니다.
가을이 온 산의 잎들을 물들이거나
마당에 봄볕이 고양이같이 따사로울 때
먼산 같은 사람에게 기대어 고즈넉이 미소 띠며
세상에 나서 그렇듯
사랑했던 사람이 있어 행복합니다.

# 넉넉한 마음

고궁의 처마 끝을 싸고 도는
편안한 곡선 하나 가지고 싶다.
뾰족한 생각들 하나씩 내려놓고
마침내 닳고닳아 모서리가 없어진
냇가의 돌멩이처럼 둥글고 싶다.
지나온 길 문득 돌아보게 되는 순간
부끄러움으로 구겨지지 않는
정직한 주름살 몇 개 가지고 싶다.
삶이 우리를 속이는 것이 아니라
우리가 삶을 속이며 살아왔던
어리석었던 날들 다 용서하며
날카로운 빗금으로 부딪히는 너를
달래고 어루만져 주고 싶다.

# 은어

썩어가는 모과에서 향기가 납니다.
자식들 다 키우고 홀로 된
어머니 품에서도 향기가 납니다.
사랑도 어디쯤 지나간 사랑에선
향기가 납니다.
지나고 나서 돌아보면
상처에도 향기가 있습니다.
수박 향 서늘한 은어회처럼
상처도 견디면 향기가 납니다.
세월 속에 곰삭은 향기가 납니다.
너무 가까이 있어 알지 못한 향기도
저만치 떨어지면 느껴집니다.
멀리 갈수록 잘 보이는 산처럼
헤어져 있는 동안 그대 모습이
은은한 향기처럼 그립습니다.

# 연어가 돌아올 때

누가 강물의 눈 속으로 돌아온다.
누가 새의 가슴속으로 돌아온다.
꽃 지는 모습으로 아, 누가
산의 눈썹으로 밀려온다.
그대를 여전히 잊지 못할 까닭은
그대가 이 세상에 하나뿐인 때문이다.

# 붉은 꽃

밤새 기차가 달렸다.
이층 침대에 따라 눕던 대륙의 밤이
덜커덩거리는 중국어로 말 걸어온다.
하오 하오, 자다가 일어나 내다보면
사막 위로 서리가 앉는다.
선선, 미아, 하미, 려우엔
싸늘한 유리창 위로 손가락 흘려
버리고 온 지명들을 점자點字로 읽으면
손바닥 가득 물방울이 돋는다.
8월이면 홍유紅柳의 붉은 꽃 피고
9월이면 하얗게 목화 열리는
사막의 긴 밤이 얼어붙는다.
선명한 외로움이 창가에 달라붙고
수평의 잠 속으로 걸어 들어가는
나는 내 삶의 객지였다.
허공에 홍등 하나 켜져 있는 객지.
스스로 변방이 된 은자隱者처럼
아무것도 버리지 못하면서 너무 오래
집을 버렸다.

# 편지

그날 당신이 보낸 편지엔 아무것도 적혀 있지 않았습니다. 가을이 데리고 온 별 같은 꽃들이 긴 목 흔들어 바람을 안고, 수채화 같은 들판 위로 우체부의 빨간 자전거가 점처럼 찍히다간 사라지고 말았어요.

그날 나는 은행나무가 하는 말을 들었지요. 후드득 후드득 잎새 떨구던 그날, 미루나무가 하는 말을 나는 들었지요. 어둠이 깊어서 더 빛나는 별들과, 별들을 매달아 놓은 상수리나무의 큰 키가 하늘 향해 자라는 밤, 내가 안고 있던 가을의 빈 어깨가 자꾸만 한쪽으로 쏠려가고 있었지요.

# 국화 앞에서

살아온 날보다
살아갈 날이 더 많은 사람들은 모른다.
귀밑에 아직 솜털 보송보송하거나
인생을 살았어도 헛 살아버린
마음에 낀 비계 덜어내지 못한 사람들은 모른다.
사람이라도 다 같은 사람이 아니듯
꽃이라도 다 같은 꽃은 아니다.
눈부신 젊음 지나
한참을 더 걸어가야 만날 수 있는 꽃
국화는 드러나는 꽃이 아니라
숨어 있는 꽃이다.
느끼는 꽃이 아니라 생각하는 꽃이다.
꺾고 싶은 꽃이 아니라 그저
가만히 바라보는 꽃이다.
살아갈 날이 살아온 날보다 적은
가을날 국화 앞에 서보면 안다.
산다는 것이 얼마나 많은 굴욕을 필요로 하는가를.
어쩌면 삶이란
하루를 사는 것이 아니라

하루를 견디는 것인지 모른다.

어디까지 끌고 가야 할지 모를 인생을 끌고

묵묵히 견디어내는 것인지 모른다.

# 삶이 나를 불렀다

내일로, 미래로, 그리고 누군가에로

마음은 자꾸 미룬다.

사랑하려거든 지금 사랑하라. 행복하려거든 지금 행복하라.

무제_캔버스에 아크릴채색_41×32cm_2004

## 희망

아무것도 보이지 않는 깜깜함에 갇혀
흘려야 할 눈물조차 마르고 없을 때,
더 이상 그 누구도 내 손 잡아주지 못할 때,
기도밖에 아무것도 더 할 수가 없을 때,
그럴 때도 우리는
희망이라는 그 손길을 놓을 수가 없습니다.

# 누구나 혼자이지 않은 사람은 없다

믿었던 사람의 등을 보거나
사랑하는 이의 무관심에 다친 마음 펴지지 않을 때
섭섭함 버리고 이 말을 생각해보라.
-누구나 혼자이지 않은 사람은 없다.
두 번이나 세 번, 아니 그 이상으로 몇 번쯤 더 그렇게
마음속으로 중얼거려 보라.
실제로 누구나
혼자이지 않은 사람은 없다.
지금 사랑에 빠져 있거나 설령
심지 굳은 누군가 함께 있다 해도 다 허상일 뿐
완전한 반려伴侶란 없다.
겨울을 뚫고 핀 개나리의 샛노랑이 우리 눈을 끌듯
한때의 초록이 들판을 물들이듯
그렇듯 순간일 뿐
청춘이 영원하지 않은 것처럼
그 무엇도 완전히 함께 있을 수 있는 것이란 없다.
함께한다는 건 이해한다는 말
그러나 누가 나를 온전히 이해할 수 있는가.
얼마쯤 쓸쓸하거나 아니면 서러운 마음이

짠 소금물처럼 내밀한 가슴 속살을 저며놓는다 해도
수긍해야 할 일.
어차피 수긍할 수밖에 없는 일.
상투적으로 말해 삶이란 그런 것.
인생이란 다 그런 것.
누구나 혼자이지 않은 사람은 없다.
그러나 혼자가 주는 텅 빔,
텅 빈 것의 그 가득한 여운,
그것을 사랑하라.
숭숭 구멍 뚫린 천장을 통해 바라뵈는 밤하늘 같은
투명한 슬픔 같은
혼자만의 시간에 길들라.
별들은
멀고 먼 거리, 시간이라 할 수 없는 수많은 세월 넘어
저 홀로 반짝이고 있지 않은가.
반짝이는 것은 그렇듯 혼자다.
가을날 길을 묻는 나그네처럼, 텅 빈 수숫대처럼
온몸에 바람소릴 챙겨 넣고
떠나라.

# 살아 있는 모든 것은 혼자가 된다

흘려 듣던 노래가 마음에 꽂힐 때 있다.
유리창에 다가온 밤이
가버린 계절의 얼굴을 액정처럼 비춰낼 때
마음에 돋은 물방울 쓰윽
손바닥으로 닦아내며
외롭다고 누가 스피커 볼륨을 올리고 있다.
노래는
혼자 있는 시간 위로 앙금처럼 맺히고
방금 보고 헤어진 사람이 그리워 나는
꿈속에서도 문자 했다.
걸어서 내게로 왔다가
달리는 말처럼 사라지고 없는 시간
10년 뒤 우리는 남이 될지 모른다.
간절하던 그 무엇 다 사라지고
모르는 사람처럼 무심히 살아갈지 모른다.
함께 부르던 노래 혼자서 흥얼거리며
낮보다 긴 밤의 시간을
소금처럼 하얗게 견뎌야 할지 모른다.
믿었던 사람의 등을 보거나

사랑하는 이의 무관심에 다친 마음 펴지지 않을 때
눈 감고 이 말을 떠올려보라.
살아 있는 모든 것은 혼자가 된다.

## 삶이 나를 불렀다

한때는 열심히 사는 것만이 삶인 줄 알았다.
남보다 목소리 높이진 않았지만 결코
턱없이 손해 보며 살려 하진 않던
그런 것이 삶인 줄 알았다.
북한산이 막 신록으로 갈아입던 어느 날
지금까지의 삶이 문득
목소리 바꿔 나를 불렀다.
나는 지금 어디까지 와 있는가?
어디를 그렇게 바삐 가고 있는 건가?
반짝이는 풀잎과 구르는 개울
하찮게 여겨왔던 한 마리 무당벌레가 알고 있는
미세한 자연의 이치도 알지 못하면서
아무것도 모르면서 다 알고 있는 듯 착각하며
그렇게 부대끼는 것이 삶인 줄만 알았다.
북한산의 신록이 단풍으로 바뀌기까지
노적봉의 그 벗겨진 이마가 마침내
적설에 덮이기까지
아무것도 모르면서 나는 그렇게
다 알고 있는 것처럼 살아왔다.

# 벼랑에 대하여

한 줄의 편지 쓰고 싶은 날 있듯
누군가 용서하고 싶은 날 있다.
견딜 수 없던 마음 갑자기 풀어지고
이해할 수 없던 사람이 문득
이해되어질 때 있다.
저마다의 상황과 저마다의 변명 속을
견디어가야 하는 사람들
땡볕을 걸어가는 맨발의 구도자처럼
돌이켜보면 삶 또한
구도가 아니라 할 수 없다.
세파에 부대껴
마음 젖지 않은 날 드물고
더 이상 물러설 데 없는 벼랑에 서보면
용서할 수 없던 사람들이 문득
용서하고 싶어질 때 있다.

# 산수유가 피고 있습니다

겨울이 가고 또 봄이 오나 봅니다.
그때 우리는 탱자꽃 하얗게 피던 시골길을 걷고 있었습니다.
먼지 날리며 버스가 지나가고
조금만 더 다가서면 온몸 드러낼 것 같은
연둣빛 강을 찾아 당신과 나는
그림 같은 길 위를 걸어가고 있었지요.
분가루같이 곱게 먼지가 내려앉은 당신의 구두 위로 나는
손가락으로 글씨 하나를 써보기도 했습니다.
그날 우리는 결국 강을 찾지 못했습니다. 강이 있던 방향과는
정반대편을 향해 내가 당신을 안내했으니까요.
당신의 마음속에 강보다 더 큰 흐름을 만들고 싶어 했던
내 소망은 그러나 성공하지 못했습니다.
그날 이후 다시는 당신을 볼 수 없었고
당신은 다만 단 한 번 내게 편지를 보낸 적이 있습니다.
-산수유가 피고 있습니다.
다른 건 다 잊어버렸지만 그때 당신이 편지를 시작하며 썼던
그 한마디는 아직도 내 가슴에 남아 있습니다.
당신과 헤어진 뒤 벌써 셀 수 없이 많은 봄이
들판의 냉이꽃을 피우고 지나갔습니다.

그렇게 냉이꽃을 보며 나는 집을 나와
계절이 바뀌는 철길을 따라 끝없이 걷곤 합니다.
문득 지난 가을 벗들과 어울려 찾아갔던
산수유 마을의 정경이 떠오르는군요.
지천으로 매달려 있던 산수유 붉은 열매를
보석인 양 바라보며
당신이 보냈던 그 편지를 생각했습니다.
-산수유가 피고 있습니다.
세월이 가도 사랑은 그렇게 가슴에
따뜻한 그림 하나 남기는가 봅니다.

# 길 위에 있는 동안 행복하다

둥근 우주같이 파꽃이 피고
살구나무 열매가 머리 위에 매달릴 때
가진 것 하나 없어도 나는
걸을 수 있는 동안 행복하다.
구두 아래 길들이 노래하며 밟히고
햇볕에 돌들이 빵처럼 구워질 때
새처럼 앉아 있는 후박꽃 바라보며
코끝을 만지는 향기는 비어 있기에 향기롭다.
배드민턴 치듯 가벼워지고 있는 산들의 저 연둣빛
기다릴 사람 없어도 나무는 늘 문밖에 서 있다.
길들을 사색하는 마음속의 작은 창문
창이 있기에 집들은 다 반짝거릴 수 있다.
아무것도 찌르지 못할 가시 하나 내보이며
찔레가 어느새 울타리를 넘어가고
울타리 밖은 곧 여름
마음의 경계 울타리 넘듯 넘어가며
걷고 있는 두 다리는
길 위에 있는 동안 행복하다.

# 작은 평화

내가 음악을 좋아하는 이유는
인간의 말소리가 나지 않기 때문입니다.
가만히 귀 맡기고 있으면
흔들리던 마음 가라앉기 때문입니다.
창가에 걸려 있는 흐린 하늘을
커튼 걷듯 걷어서
세탁할 수 있으면 좋겠습니다.
찌푸리고 있는 얼굴 위로
활짝 웃는 입 모양 그려 넣을 수 있으면 좋겠습니다.
흐린 하늘은 금방 울음을 터뜨릴지 모릅니다.
찌푸리고 있는 얼굴은 또 무엇인가
이해할 수 없는 일 때문에 힘겨운 건지도 모릅니다.
내가 음악을 좋아하는 이유는
설명하지 않아도 이해할 수 있기 때문입니다.
의심하지 않아도 믿을 수 있기 때문입니다.
내가 음악을 좋아하는 더 큰 이유는
상처받지 않고도 사랑할 수 있기 때문입니다.

## 공 空

씨앗을 쪼개본다.

아무것도 그 속에 숨어 있는 게 없다.

어디 있다 왔는가 꽃들은?

어디서 왔다가 어디로 사라지고 있는가?

# 두메양귀비

백두산에서 만났던 두메양귀비를
몽골의 초원에서 또 만난다.
살아 있었구나 너
포연砲煙 속에 해후한 옛 친구 손을 잡듯
엎드려 나는 꽃을 본다.
황폐한 초원에서 내 무릎 꿇게 하는
낮디낮은 이 꽃은 눈물이다.
천상의 별들이 떨어트려 놓은
너무 맑아 다칠 것만 같은 눈물
짧게 꽃 피우곤 사라지고 마는
사람도 알고 보면 눈물이다.
깊게 팬 주름살 고랑처럼 흐르며
소금기 남겨둔 채 사라져가는
눈물도 알고 보면 다 꽃이다.

# 비박

방랑자로 살고 싶었다 빈 몸으로 떠돌며
총총총 쏘아대는 별빛의 탄환 속에
수통 하나 차고 비박하거나
무장한 삼림森林 속을 서책 들고 엄호하며
가난한 행군으로 닿고 싶었다.
하루치의 보행이 멈추는 시각
침상 끝에 나앉아 일석점호하며
세상의 일몰에 섞이고 싶었다.
박명薄明 속에 길들이 새처럼 떠오르고
수목樹木은 묵언 속에 생을 토한다.
방랑자로 살고 싶었다 나는
기쁨의 전류 속을 단신으로 관통하며
구두 아래 흙들을 밟고 싶었다.

# 다비

소라 껍데기를 주워 귀에 대어보면
바다 소리가 난다.
불길 속에 마른 솔방울을 넣으면
쏴아- 하고 솔바람 소리를 내며 탄다.
타오르는 순간 사물은 제 살던 곳의 소리를 낸다.
헌옷 벗어 장작 위에 누울 때
나는 무슨 소리를 내며 타오를까?

*다비는 장작더미 위에서 화장하는 불교식 장례법

# 마음길

마음에도 길이 있어
아득하게 멀거나 좁을 대로 좁아져
숨 가쁜 모양이다.
그 길 끊어진 자리에 절벽 있어
가다가 뛰어내리고 싶을 때 있는 모양이다.
마음에도 문이 있어
열리거나 닫히거나 더러는 비틀릴 때 있는 모양이다.
마음에도 항아리 있어
그 안에 누군가를 담아두고
오래오래 익혀 먹고 싶은 모양이다.
몸보다 마음이 먼저 가
달그락달그락 설거지하고 있는 저녁
일어서지 못한 몸이 따라 문밖을 나서는데
마음에도 길이 있어
갈 수 없는 곳과 가고는 오지 않는 곳으로
나뉘는 모양이다.

# 나무 기도

기도가 기도가 되기 위해서는
마음속 공간이 넓어야 한다.
울리는 공간이 더 커지도록
아무것도 담지 말아야 한다.
기도가 기도가 되기 위해서는
세상과 나의 거리
그 간격이 속 깊은 항아리처럼 비어야 한다.
멀어진 간격마다 그윽한 나무 한 그루씩
심어야 한다.
노각나무 심는 날
나무가 드리는 기도소리 듣는다.
차꽃같이 하얀 꽃 피우고 싶은
노각나무 큰 키가 마음의 통로 따라
파릇한 수맥으로 올라가던 날
기도가 기도가 되기 위해서는
가진 것 조그맣게 줄여야 한다.

# 섬에서

오늘 당신에게 처음 편지를 보냅니다.
내가 보낸 편지가 당신은 어쩌면 낯설지도 모릅니다.
나 또한 편지를 주거나 받지 않은 지 오랩니다.
언제나 낮보다 밤이 더 길어 깔깔한 나의 땅에
저렇게 온갖 꽃들이 피어나는 건 무엇 때문입니까.
그때 섬에서 잤던 날들이 생각납니다. 섬은 우리에게
아궁이였습니다. 따뜻하고 연기 나는 그곳에서 나는
밤새 울고 다니는 새 한 마리 만났습니다.
머리맡에서 울다가 한밤, 뒷간 가는 맨발까지 따라와
살고 싶다고 살고 싶다고 울어대던 그 소리가
휘파람소리였다는 것을 아침에야 알았습니다.
동백 피는 소리였다는 것을 해 뜨고야 깨달았습니다.
오줌 누러 나와 올려다본 세상은 별천지였습니다.
오줌줄기 위로도 뚝뚝 떨어지는 별을 받아먹기 위해 나는
고개 젖히고 입 벌렸습니다. 아, 그때쯤 내겐
딴 세상이 열렸습니다.
깜깜한 데서 하는 이야기가 산 건너 전해오고
동백은 문득 산달을 앞둔 여자처럼 조신해졌습니다.
마당에 서 있던 비파나무, 소사나무, 멀구슬나무들 사이로

빙빙 돌던 새소리가 멀어진 건 그때였습니다.
마흔 넘겨버린 한 사내가 잠 못 들고 서 있는 것이 지겨워
인연을 끊은 것도 그때였습니다.
오줌을 눈 뒤에도 끝없이 펼쳐지는 밤을 담 너머로 나는
하염없이 쳐다보기만 했습니다.

# 히말라야

개금 벗겨지자 드러나는 불성처럼
안개 지워지자 서서히 인화되는

때로 그런 순간이 있다.
모서리 도는 순간 생이
저만치 비켜 서 있는 빛처럼
반쯤은 눈부시고 반쯤은 텅 비어버려
손들어 얼굴 가리지도 못하고 주르르
눈물 흘려버릴 때가 있다.
어떤 수식으로든 지금 이 순간을 장엄하고 싶은
기적 같거나 꿈 같거나 더러는 운명 같은
그런 걸 시라고 말해도 되는 걸까.
지금 걷고 있는 이 시간을 생이라고 말할 수 있는 걸까.
좌탈입망한 채 석양에 다비되는 저
산들의 연화장세계
지금까지 나는 내가 살아 있다고 생각했다.
미소를 짓거나 눈물 흘릴 때
그 미소 속에 또는 흐르는 눈물 속에 내가
살아 있는 것이 틀림없다고 믿었다.

그러나 지금
개금 벗겨져 맨몸 드러나는 저 순백의 연꽃 앞에 나는
살아 있었던 게 아니라 단지 생존하며
아무것도 모르면서 그저
연명하고 있었던 것이라는 사실을 깨닫는다.
그 뒤에 산이 있는 줄 까맣게 모르고
안개 속을 헤매는 미혹 하나로
단지 숨 쉬고 있다는 사실 하나로 나는 내가
살아 있다는 사실을 믿어 의심하지 않았다.

*이 시는 안나푸르나의 5대 뷰 포인트 중 하나인 푼힐에서 쓴 시

# 얌드록초

묵묵히 짐 지고 산길 가거나
한마디 불평 없이 밭 갈고 있는
야크는 사람보다 얼마나 명상적인가.
만트라 암송하며 오르막길 올라가는
나는 지금 흔적도 없이 지워지고 있는지 모른다.
하얗게 지워진 전생으로 돌아가 숨 헐떡거리며
반복되는 꿈속을 윤회하고 있는지 모른다.
모든 것이 불현듯 텅 비어버리는
낯선 이 공허를 존재의 이탈감이라 불러도 되는 걸까.
아니면 상실감이라고 불러야 하는 걸까.
집요한 욕망이 마침내 놓치고 만
끈질긴 내 자아의 유체이탈
아무것도 사실은
사라지는 것은 없다. 아무것도 존재한 것이 없었던 만큼.
찢어질 듯 새파란 저 물빛 또한 빛이 만들어낸 착각일 뿐
파란 것이 아닐지 모른다.
모든 게 허구일지 모른다.
지금 내가 바라보는 눈 덮인 산과
만년설 녹아내린 저 호수 또한

희박한 공기가 만들어놓은 신기루일지 모른다.

내가 바라보는 게 아니라 오래된 내

집착이 바라보는 것인지 모른다.

물이라기보다 선명한 보석 같은 저 물빛

날카로운 면도날에 손가락 베듯

나는 내가 지금까지

어디에도 존재하지 않았다는 사실을 들키고 만다.

*얌드록초는 티베트의 수도 라싸에서 자동차로 2시간쯤 가면 있는 빙하호수로 해발 4,800미터 가까운 높은 위치에 있다. 높이 올라갈수록 희박해지는 산소 때문에 이곳을 찾는 외지인들은 심하면 고산증으로 기절하기도 한다.

# 위구르

백양나무 아래서 나귀를 봤다.
나귀가 끄는 마차에 앉아 가는
모자 쓴 노인의 어린 딸을 봤다.
직각으로 고개 쳐들어도
보일까 말까 하는 나무 끝까지
점으로 찍히다가 마침내 사라지는 수레를.
나귀 불러 타던 나는 거기 없고
황량함이 더해 꿈속에도 먼지 이는
사막의 끝, 길의 끝에 나가
기우는 달 한쪽을 빌려 설레거나 기우뚱거리며
나인 줄 알고 있던 나는 거기 없고
키 큰 백양나무 길은
꼭대기마다 추억을 키운다.
뚠황을 떠난 일행이 천산을 지날 때까지
흑백사진 속을 걷는 위구르의 수염이
서리서리 은발로 빛날 때까지.

# 후회

내가 무심코 한 장의 종이를 구겨버릴 때
몇 그루 나무가 베어질지 모른다.
내가 무심코 입술 움직여 혀 놀릴 때
몇 사람 가슴이 상처 날지 모른다.
내가 신고 다닌 이 구두가
얼마나 많은 벌레들을 위협했는지 나는
모르고 있었을 뿐이다.
누군가를 용서하며 받아들인다는 그 말이
스스로를 용서하며 받아들이는 것이라는 사실을
시간이 간 뒤에야 나는 알았다.

# 구두에게 물어보네

한 발 건너 또 나무가 우수수
이파리를 흩날리고 있었지.
기다리던 차도 끊긴
길 위에 앉아 너는 새까만 밤하늘을
골똘한 표정으로 바라보고 있었어.
별들이 열어놓은 창밖으로
꽃 피듯 누군가 노래 부르는 밤이었지.
어둠이 펼쳐놓은 악보 위로 또 누가 그려 넣은 시간들이
얼굴 내민 떡잎처럼 쑥쑥 자라나고 있었어.
내게 불협의 화음을 새겨 넣던 너는
비어 있는 오선지야.
눈 감고 나무가 뿌려놓은 음표들을 살펴봐.
바스락거리며 길 위를 굴러가는 저
계절의 수레들을 따라가 봐.
고단한 음계 위로 걸어가고 있는
구두의 이야기를 좀 들어보란 말이지.
시간은 가고 세월도 갈 거야.
우리가 걸을 수 있는 날들이 얼마나 남았는지 나도 몰라.
사실은 아무것도 알 수 있는 것이 없어.

눈물인지 기쁨인지, 아니면 그 모든 것 다인지
알고 있는 사람은 없어.
또 알면 뭐해. 그냥 그렇게 떠다니면 좋은 걸 뭐.
단양, 영주, 봉화
닭실마을 지나 청량사 가면
그 어디쯤 있을까 나도 몰라.
서둘러 옛날을 지우는 지우개라도 있다면 모를까.
눈 감으면 눈앞이 온통 별밭으로 변하는
그 귀퉁이 어디에다 너를 꼭꼭 상감시켜 놓을 거야.

*닭실마을은 경상북도 봉화에 있는 권씨 가문 집성촌으로 오래된 한옥들을 볼 수 있는 아름다운 마을이다.

## 창밖에 은하수가 보인다

문을 열고 좀 내다봐.
우리가 사랑이라 부르던 것 다 저물어가잖아.
강처럼 깔려 있는 저 주단을 좀 봐.
난 누가 오렌지빛 불기둥을 세워놓은 줄 알았어.
홍시 같은 해님이 강물에 빠지고 있어.
강 위로 미끄러져 가는 것, 저, 저것 말이야.
눈 속에 은하수가 보이잖아.
강물 같은 은하수가 내 눈 속에 떠 있어.
울고 있는 건 아니야.
눈물 흐르면 눈물 흐르는 대로
강가에 앉아 손 담그고 있고 싶어.
지나가 버린 강물은 강물이 아니니까.
강물은 다시 돌아올 줄 모르니까.
흘러오는 강과 흘러가 버린 강
어떤 강을 강이라고 불러야 하는 거지?
사람들은 그걸 세월이라 부르나 봐.
세월은 결코 흘러가는 게 아닌데도 말이야.
흘러가는 건 우리뿐이야.
사람들은 나이를 먹는 만큼 흘러가고 있다고 믿지.

나이를 난 거꾸로 먹고 싶어.

한 해, 한 해 줄어들다 마침내 제로가 되어

사라져버리고 싶어.

엄마 배 속으로 도로 들어가고 싶다는 얘기는 아냐.

엄만 이제 늙으셨으니까.

어떤 강을 강이라고 불러야 하는지 엄만 알고 계셔.

그걸 삶이라고 하는 거지.

삶이란 결국 강에 대해 아는 거지.

강의 이름과, 강의 나이와

강의 길이와, 강의 국적과, 강의 슬픔을 저절로 알게 되는 거지.

창밖에 은하수가 보여.

눈 감고 가슴 뛰는 소리를 들어봐.

물살을 가르며 튀어 오르는 은어떼들 좀 봐.

깔려 있는 주단 위로 별들이 떨어지고 있어.

너무 빨리 나와버린 별들이 눈물처럼 자꾸 떨어지고 있어.

# 헤어져 있는 동안

변한 것은 없지요.
눈 속에 서 있던 미루나무가
바람에 쏴르르, 쏴르르 노래 부르며
나비 같은 이파리를 팔랑팔랑
날려보낸 것밖엔 없지요.
눈을 뜨면 그러나 아무것도 없어요.
눈 속에 있던 나무들이
먼지처럼 날아가고 보이지 않아요.
서어나무, 팽나무, 빗살무늬 이파리를 달고 있던
소사나무 군락들이
사라져버리고 다 보이지 않아요.
막막한 평원이에요.
발길을 돌려 나, 당신에게로 갔지요.
지평선에 걸터앉아 당신이
넘어가는 해님에 물들고 있을지 모르니까요.
그러나 아무도 없었어요.
마음속에 있던 슬픔들이 쏴르르, 쏴르르
물결 소릴 내며 몰려가고 있어요.

# 아우라지 건너 싸리골

객차 하나 달랑 달고
외롭게 가는 비둘기호를 탔지요.
선평, 정선, 나전, 여량
별어곡서 떠난 기차가 정선에 닿네요.
아우라지, 흐르는 물 생각하면
얼음 트는 소리 내며 내 마음 금세 쫘악
금이 가지요.
싸리골 올동박이 다 떨어진다는
아리랑 가락 떠올리면 내 마음
찌르르, 여치 우는 소릴 낸답니다.
내 어깨에 앉은 채 따라오던 여치가
푸르르, 허방 향해 날아가 버린 쯤에서
철길이 끝나지요.
선평, 정선, 나전, 여량
입속에 비 듣는 소리 나진 않나요?
노드리듯 죽죽 날비라도 쏟아지면 어쩔까.
자욱히 는개에 발품 팔아
구절리 찾아가면 가슴 젖지요.

# 인간에 대한 결례

못을 박는지 집이 소리를 지른다.
빈집,
아이들도 없는 빈 공간에 눌려 나는
으스러지는 소리 하나 내지 못한다.
비어 있다는 말은 결코 아무것도
없다는 말이 아니다.
제 나름의 기준으로 햇살을 통과시키고 있는
저 간유리는
사사건건 나를 검열하고 있는데
비어 있다는 말은 그럼 대체 무슨 말인가?
간단하게
차 있다는 말의 반대일 뿐이라 중얼거리며 나는 이제
모든 시비로부터 벗어나고 싶다. 아니
벗어나고 싶은 게 아니라 이미 벗어나 있다.
일탈한 자가 감내해야 하는 몇 가지 굴욕
그것들에 이미 나는
익숙해지기로 작정하지 않았는가.
완강한 콘크리트의 저항에 부딪혀
긴 못 하나 휘어지는 지금

새파란 불꽃 튀기며 나의 시선은
비어 있는 공간마다 못 박힌다.
인간이 왜 밥을 먹고 사는지
비로소 나는 알 것 같다.
왜 밥만 먹곤 인간이 살 수 없는지
비어 있는 것들은 누른다.
온통 못 치는 소리 가득한 빈집 지키며
한 그릇 밥을 위해 버려야 하는
인간에 대한 모든 예의를 나는
즐기기 위해 기억해낼 뿐
살아간다는 말은 결코 비어 있다는 말이 아니다.
아무것도 비어 있는 것은 없다.

# 살아 있는 것에 대한 결례

인생이 너무 예의 없이 군다.
인생이 마구 행패를 부린다.
코에 호스를 끼고 누운 말년이
식물처럼 뿌리 뽑힌 채 침묵하고 있다.
삶의 반경이 침대 하나로 축소된
의식 없는 의식에게 시간은
고문의 추억을 선물하고 있는 건가.
백 번째 자기 소개서를 쓰며
길을 찾는 청춘에게
너무 무례하다 인생은.
너무 오만하다 인생은.
한 번도 사랑받지 못한 사람들이
단 한 번 사랑하기 위해 딛고 선 바닥 위로
힘 빠진 햇살 한 줌 내려서 온다.
내려오는 모든 것은 바닥에 당도하니
계단 아래 주저앉아 나는
불손한 인생에 대해 생각한다.
새빠지게 일하다가
이제 겨우 한숨 돌린 가족에게 말기암을 선사한

인생은 너무 잔인하다.

너무 폭력적이다.

*보조기에 의지한 채 걸음을 옮기던 어머니는 뒤로 넘어져 의식을 잃고 병원 신세를 져야 했다. 2015년, 한국의 청년들은 일자리를 구하지 못해 좌절하고, 머나먼 타국에서 뼈 빠지게 일했던 친구는 암에 걸려 세상과 이별한다는 부음을 보내왔다.

## 혼자라도 괜찮아

혼자라는 것이 두려울 때가 있다.
혼자서 밥 먹고 혼자서 병원 가며
세상과 뚝 떨어져
잡을 손 다 사라진 독거노인 마냥
혼자라는 것이 무섭고 추울 때가 있다.
사람과 사람 사이에 외로운 길 하나 있어
아무도 가지 않는 그 길을
터벅터벅 혼자서 걸어가야 할 때가 있다.
바람 부는 들판에도 석양은 지고
노을을 등에 진 민둥산 하나
온몸으로 하늘을 받들고 있다.
아무도 돌보지 않는 길냥이처럼
혼자서 오도카니 앉아 있는 사람아,
혼자서 밥 먹고
혼자서 지난 노래 흥얼대며
끝나는 영화관에 홀로 남아 있어도
봐주는 이 없어도 꽃들은 혼자서 피고
알고 보면 별들은
눈부신 대낮에도 저 홀로 머리 위에 떠 있다.

# 사랑할 날이 얼마나 남았을까

남아 있는 시간은 얼마일까.
아프지 않고
마음 졸이지도 않고
슬프지 않고 살아갈 수 있는 날이
얼마나 남았을까.
온다던 소식 오지 않고 고지서만 쌓이는 날
배고픈 우체통이
온종일 입 벌리고 빨갛게 서 있는 날
길에 나가 벌 받는 사람처럼 그대를 기다리네.
미워하지 않고 성내지 않고
외롭지 않고 지치지 않고
웃을 수 있는 날이 얼마나 남았을까.
까닭 없이 자꾸자꾸 눈물만 흐르는 밤
길에 서서 하염없이 하늘만 쳐다보네.
걸을 수 있는 날이 얼마나 남았을까.
바라보기만 해도 가슴 따뜻한
사랑할 날이 얼마나 남았을까.

# 베어진 나무

나 이제 그대를 잊으려 하네.
베어진 나무가 잊지 못하는
푸른 잎사귀의 기억보다 더 멀리
종이배에 띄워 그대를 보내려 하네.
생각해보면 아픔이란
기억이 시키는 대로 여닫히는
불평 감춘 노예 같은 것
산에 앉아 강 바라보며 나
계절이 씻어 내걸어놓은
하늘의 말간 얼굴 찾아보네.
햇볕에 누워 상처 말리는 고추 하나 집어들고
손가락 튀겨 탁탁, 고추씨 털어내듯
그대를 영원히 털어내려 하네.
생각해보면 영원이란 말은 정말
얼마나 영원한가.
그렇게 나 그대를 잊으려 하네.
베어진 가지가 뿌리에서 떠나듯
그대로부터 영원히 떠나려 하네.

# 떠나는 친구에게

눈앞에 있는 저 하얀 벽보다
눈 감고 보는 세상이 더 아름답지 않은가.
느릿한 몸짓으로 떨어지는 저 노란 약보다
누군가 흘리는 눈물 한 방울이 더 위로되지 않는가.
눈앞의 시간 다 지워져 버리고
나는 아무것도 줄 것이 없구나 친구여,
마음속 이 풍금소리 꺼내 네게
들려줄 수 있다면
흐릿해져 더 이상은 낄 수 없는 안경 닦아
파랗고 맑은 하늘 네게 보여줄 수 있다면
네 맥박 떨리고 의식 흐려져
지나간 날들 기억할 수 없어도
아름답지 않은가 혹은 다투고 혹은 껴안으며
우리 함께 머무르던 시간
이제 그만 쉬어가기 원하는 초침처럼
친구여, 너는 이제 모처럼의 평화가 필요한 모양이다.
아무것에도 매이지 않는 넉넉하고 커다란
휴식이 필요한 모양이다.

# 문 앞에 있는 이별

누룩이 발효되어 술이 되듯

상처가 발효되어

인생의 꽃 한 송이 피는 데도

고통이란 시간이 필요하다.

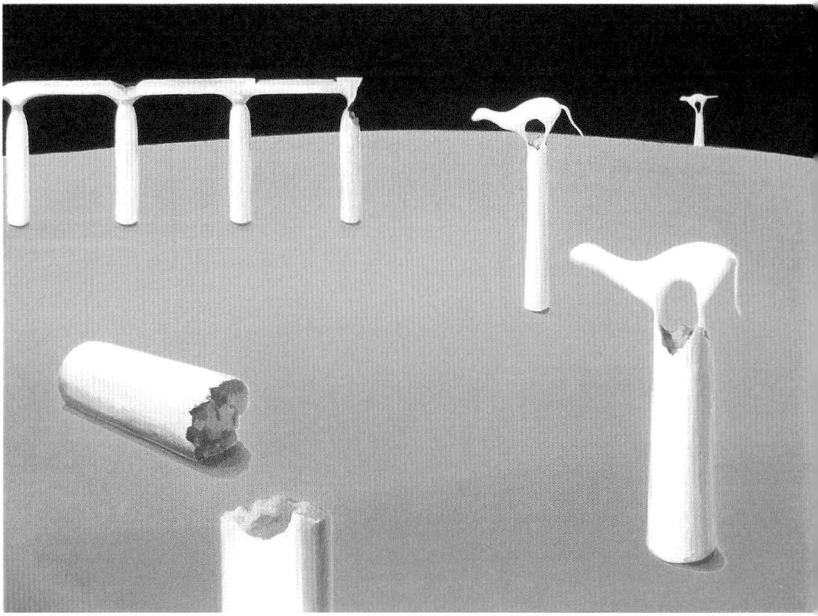

위로_캔버스에 아크릴채색_40.9×31.8cm_2004

# 그늘

내, 닿는 곳은 사람의
마을이라네.
삽짝을 밀면
능소화 줄지어 오른 담 따라 피는
한 작은 풍경이라네.
종소리 찾아가다 우연히 들른
가난하고 오랜 절집이라네.
뒤뜰에 솟는 석간수에 입 적시고
입 닦으며 걸어놓는 표주박이라네.
내, 때묻은 슬픔이
찾아가 머무는 곳은
한때는 누가 살던
그늘이라네.

## 마음의 빈집

붙들어 놓을 수 있는 것이라면
붙들어 놓겠습니다.
못 박아 놓을 수 있는 것이라면
못 박아 놓겠습니다.
그대 보내고 잊었던 세월
어디에도 매이지 않는 마음을
묶어놓을 데 없어
드러누울 집 한 채 없이
빈 몸으로 삽니다.

# 초록

벌레 우네요.
은박지 구겨지듯 가을이
열려 있는 문틈에다
봉투 한 장 밀어 넣네요.
살아 있겠지?
자다가 나가 보면 마당에
달이 훤해요.
아무도 만나지 않는 세월
초록이 남기고 간 힘으로 견디다 보면
넘어갈 수 있겠지요.

# 벌

그 속에 숨어 뭐하고 있는 걸까.
날아오르지 않고 오래
꽃 속에 앉아 있는 벌 한 마리
실바람 한 올에도 몸을 뺏기는
꽃잎처럼
꽃잎의 향기처럼
날아가고 나서야 나는 너를 느낀다.
텅,
비어버리고 나서야 네 자리를 느낀다.
한 마리 벌에도 무게를 받는
가녀린 꽃처럼
햇볕에 흔들리는 꽃 그림자처럼
떠나고 나서야 네 무게를 느낀다.

## 비

발부터 촉촉이 젖으며 오는 비는
누군가를 기다리다 돌아서는 비
온몸을 적시며 화내는 비는
기다림을 배우지 못한 성미 급한 비
차는 끊기고 길 어두운데
그대 만나지 못해 고개 숙인 저 비는
비인지 비애인지
우산도 못 펴들고 부슬부슬 내리네.

# 온천의 겨울

눈이 온다. 이곳의 눈은 꿀밤나무 키 높이만큼만 온다. 이곳의 눈은 뽀얀 수증기가 올라가는, 그 수증기의 키까지만 온다. 오다가 녹는다. 밥티재 넘어 설국, 이곳의 눈은 쉬 여자의 허벅지를 잠기게 하지만 여자는 설국에서 여우가 된다. 꼬리를 달고 있는 푸른 눈의 여우. 먹이를 찾아 내려오는 그 은빛짐승을 위해 눈은 사방으로 난 길을 막아버리지만 막힌 길 위에서 차들은 따끈한 욕망을 반성한다. 이곳의 눈은 누가 뿌려놓은 꽃잎처럼 깨끗하지만 이곳의 눈은 또 발갛게 달아오른 여인의 잔등을 두드리기도 한다. 안개처럼 뽀얗게 올라가는 수증기에 녹아내린 눈들이 국수 먹듯 후르륵후르륵 소리를 내고 있다. 밤에 보는 눈은 사르륵거리며 꽃눈을 피우지만 삶은 고단하고, 말갛게 닦아놓은 여인들은 아직 고단이 품고 있는 깊이를 이해하지 못한다.

# 낙과

무거운 책은 읽지 않기로 했네 마음이 너무 무거워.

가벼운 책도 읽지 않기로 했네 삶이 너무 가벼워.

고단한 머릿속에 더 집어넣을 것 없이

단순하게, 그냥 단순하게

풀끝에 달려 있는 물방울같이

살다가 슬며시 떨어지기로 했네.

# 고양이 성자

우리 집 개나리나무 밑에 도둑고양이들이 산다.
한 번도 도둑질하다 들킨 적 없어도 도둑이라 불리는
고양이는 억울할지 모른다.
한 번도 시 쓰는 장면 들킨 적 없어도
시인이라 불리는 나처럼
가끔은 모든 것이 황당할지도 모른다.
산다는 것이 허망해 사람들은 때로 눈물을 흘린다.
개나리나무 밑, 조그맣게 뚫린 토굴에 안거하던
고양이들이
햇빛을 받기 위해 화단으로 나오던 날
나는 그들과 친해지기로 했다.
친해지는 순간 그들은 더 이상 도둑고양이가 아니다.
어떤 삶이 고귀하듯 어떤 삶은 또 그만큼 환멸이다.
어떤 삶이 고행이듯 어떤 삶은 또 그만큼 쾌락이다.
세간에 나와 생선뼈 뜯고 있는
고양이가 문득 성자聖者처럼 느껴지던 날
민들레가 폈다.
엄동의 가운데를 뚫고 있는 느닷없는 꽃을 위해
내가 해줄 수 있는 일은 아무것도 없다.

삶이 억울하다고 생각하는 사람들을 위해
내 시가 해줄 수 있는 것 또한 아무것도 없다.
나는 혹시 도둑고양이, 아니
도둑시인인 건 아닐까?
꽃을 만들어내는 흙 속의 저 뿌리나
일용할 양식을 만들기 위해 생을 바치는 농부에 비해
아무것도 세상을 위해 하는 일 없는 건 아닐까?
고양이가 나왔다고 떠드는 아이들이 알고 있는 세상과
내가 알고 있는 세상의 간격이 너무 넓어
밤마다 나는
고양이처럼 훌쩍, 뛰어넘기 힘든 벽 앞에 서야 한다.

# 아름다운 사람

어느 날 당신의 존재가
가까운 사람에게 치여 피로를 느낄 때
눈 감고 한 번쯤 생각해보라.
당신은 지금 어디 있는가.
무심코 열어두던 가슴속의 셔터를
철커덕 소리 내어 닫아버리며
어디에 갇혀 당신은 괴로워하고 있는가.
어느 날 갑자기
사랑한다고 믿었던 사람이 두렵고 낯설어질 때
한 번쯤 눈 감고 생각해보라.
누가 당신을 금 그어놓았는가.
가야 할 길과 가지 말아야 할 길
만나야 할 사람과 만나지 말아야 할 사람을
가리고 분별해놓은 이 누구인가.
어느 날 당신의 존재가
세상과 등 돌려 막막해질 때
쓸쓸히 앉아서 생각해보라.
세상이 당신을 어떻게 했는가.
세상이 당신을 어떻게 할 수 있는가.

어느 날 당신의 존재가

더 이상 어쩔 수 없이 초라해질 때

모든 것 다 내려놓고 용서하라.

용서가 가져다줄 마음의 평화를

아름답고 담담하게 받아들이라.

## 흑백사진 속으로

어느 날 문득 나 사라지고 없어도
아무렇지도 않으리.
여전히 자동차는 밀리고 길마다 세워둔
표지판을 보며 사람들은 어렵지 않게 바다를 찾아가리.
오월이면 또 모란이 피고 아카시아의 달콤한 향기에 취해 연인들은
서로의 입술을 탐하리.
한때는 친구였던 사람들이 법정에 서서 서로를 헐뜯으며 소송을 하리.
어느 날 문득 나 사라지고 없는 날
귀여운 아이들과 아내는 울고, 가족이란 이름으로 모여 살던
몇 평의 아파트는 남의 것이 되리.
사진관은 문을 열고 빵가게의 주인은 하루치의 케이크를 주문하기 위해
빠르게 머리를 굴려야 하리.
병원은 여전히 붐비고 눈가에 잔주름이 질세라 여자들은
눈꼬리 붙잡고 웃음을 터뜨리리.
나 사라져 지상에 없어도 세무서는 붐비고 상속세 한 푼 낼 것 없어 아내는
처음으로 안도의 한숨 쉬리.

오지도 않는 의사가 발급해준 사망진단서를 들고 친지들은

매장 허가를 받기 위해 자동차를 타고 갈까 말까를 걱정하고

다시는 필요 없는 주민등록증을 반납하리.

나 묻혀도 세상은 줄어드는 것 하나 없고

삽날에 찍힌 흙만 붉은 몸 드러내리.

나 세상에 없어도 그렇듯 아무렇지도 않으리. 유월이면 산성비가 내리고

한때 내가 사랑했던 사람들은 늙어가리.

## 오십견

나는 오십견이
쉰 살 된 개인 줄 알았다.
오십에도 사랑을 하고
오십에도 눈물이 있는지
비릿한 나이에는 알지 못했다.
오십에 기르게 된 어깨 위의 개들을
풀어놓아 먹이려고 침을 맞는다.
어깨에 꽂힌 이 바늘은
우주와 교신하는 안테나다.
고슴도치처럼 온몸에 피뢰침 세워놓고
웅크린 채 앉아 있는 이 짐승은
못돼먹은 성깔에 내린 벼락일지 모른다.
벼락 치듯 가버린 친구 한, 둘 늘어나는
쉰 살 된 몸 안에 개들이 살고
부글거리는 속 지그시 눌러 앉히며
양념 센 국그릇에 소떼가 산다.
오십에도 그리워할 것이 있고
오십의 하늘에도 별이 돋는지
들끓는 나이에는 알지 못했다.

## 면장갑

운구할 인원이 부족해
기사까지 가세했다.
누구에게도 알리지 말라던 그 유언은
누구를 위한 당부였을까?
하얀 면장갑 낀 손이 내려놓는 관의 무게가
생전의 무게 따라 바닥에 얹힌다.
시신을 염하던 손의 감촉이
타오르는 불을 기억할 때
아이는 안 울고
촌수 없는 이웃이 흐느끼는
건조한 장례
잦아지는 흐느낌은 어디서 온 강물일까?
지난봄 뻐꾸기 소리를 싣고 온 강물이
화장터 담장 밖을 흐르고 있다.
기다리는 시간 동안 국밥을 먹고
돌아오는 내내 혼침에 취해
아무도 그가 세상을 빠져나간 사실을
모르고 있진 않을까?

# 고무다리

육 년 넘어 땅속에서
노래 한번 못 불렀다고 소릴 지르나?
여치가 노래하고, 베짱이가 노래하고
매미가 아직도
노래한다고 믿는 사람 있을까?
노래가 아니라 절규하는 곤충처럼
염천炎天 그늘에 흙바닥 기고 있는 저 사람
하체를 대신하는 고무다리 밀어
지렁이처럼 바닥 긁는 생의 비의祕意가
나무마다 매달려 노래하고 있는지
노래에는 뼈가 있다. 자고로 뼈대 있는 집안은
없어도 없는 척하질 않는다는데
뼈 없는 매미들은 그렇게 노래 대신
땅속에 갇혀 있던 울분의 삶을
세상에 드러내어 토하고 있나?

## 降雪, 방아다리 약수터

너는 그쪽으로 사라지고
나는 이쪽에서 끊어진다.
퍼붓는 눈발 속에 자동차 세워놓고
너는 수묵으로 지워지고
나는 부도浮屠되어 앉는다.
누가 개울 위에 세워놓은 얼음탑이
피안의 생명체와 신호한다.
통신 끊긴 내 전생이
흐르는 물 밑으로 고요하다.
월정사 지나면 깊어지는 고요
고요여,
쌓일수록 낮아지는 몸의 무게여,
안으로 깊어져 바깥이 어둡구나.
길의 조도照度를 한껏 올리고
생의 바퀴 가득 체인을 감는다.
쉰 넘으면 모든 길은 사방으로 끊긴다.
조금씩 줄어들다 마침내 끊어지는 교신
멈춰버린 자동차가 토해낸 길 위로
고집 꺾인 당나귀 한 마리 걸어가고 있다.

# 새들은 어디에서 잠드는가

내 가고, 생각나는 사람 있겠지.
내가 그러하듯.
눈 온 듯 훤해 마당에 나가 보면
달빛 쏟아져 안 보이던 것 보이고
장닭도 잠들고 누렁이도 잠들고
오래된 근심도 잠자는지
마당 가득 비어 있는 나무 그림자
빈주먹 쥐었다가 빛 속에 펴보며
사람은 어디에서 잠드는가?
적수공권,
푸르릉 포르릉 하늘을 날아다니던
새들은 어디에서 잠드는가?

# 상 받는 시인

세상 모든 귀뚜라미에게
상 주고 싶다 그들은 시인이니까.
노랗게 깔린 은행잎에 발목 맡긴 채
암나무 수나무를 척 보면 아는
눈 맑은 수자修子에게 상 주고 싶다
그들은 시인이니까.
엄동의 벌판을 고독하게 건너가던
사라진 늑대에게 상 주고 싶다 그들은 시인이니까.
하루를 벌어서 하루를 견디는
욕심 없는 사람들에게 상 주고 싶다
그들은 더 잃을 것 없으니까.
누대累代의 슬픔이야 둥근 테로 새기며
다 벗어서 가벼운
나목에게 상 주고 싶다 그들은
아무것도 쌓아두지 않을 테니까.

## 저울

저것 다 팔아 봐야 얼마나 될까?
나물 작은 소쿠리, 까놓은 생강 몇 알, 시금치 한 단
내 인생의 살림살이 저와 같아서
달아봐야 얼마나 될까.
저울에 얹어도 기울지 않는
서러움 한 소쿠리, 눈물 몇 티스푼
가끔은 세 살러 온 웃음 몇 봉지.

# 기적

단지 살아 있다는 그것 하나만으로도 삶이
기적 같을 때가 있다.
온종일 기어서 문지방 하나 넘어가는
한 마리 벌레의 삶이
커다란 기적보다 더 경이로울 때가 있다.
세상의 모든 지붕 위로 쏟아지는 저 햇살
건드리면 쓰러질 것 같은 빈 몸뚱이 하나가
광활한 우주보다 더 거룩할 때가 있다.

# 푸른 넝쿨

창을 타고 올라가는 푸른 넝쿨을 바라본 적 있다.
투명한 햇살에 속 내비치는 넝쿨의 이파리들을
오래도록 쳐다보고 앉았던 적 있다.
달리던 삶에서 갑자기 내려
같이 가던 사람들의 뒷모습만 바라보고 서 있을 때
멀리 하나씩 길들이 떠오르고
먼지를 피워 올리며 사라지는 버스가 남겨놓은
남루한 얼굴들 사이로
마르고 갈라진 목소리 들린다.
하늘을 타고 올라가는 넝쿨의 저 연두
또는 초록의 이파리들도 사실은
빛이 만들어낸 허구일 뿐
사랑 또한 그런 것이다.
저녁이 오면 내 마음은 습관처럼
헛된 약속을 위해 서두르지만
아무것도 기다리는 것이란 없다.
오랫동안 그렇게 믿고 있었을 뿐
누군가를 사랑한다는 것도 결국 그것과 다르지 않다.
눈 감고 올려다보는 창 위로 이슥고

푸른 넝쿨은 사라진다. 한때 내 마음을 휘감고 올라가던 연두
도박 같은 것, 아니면 비루한 호구糊口나
순간을 휘감는 질투 같은 욕망
더러는 바람소리 나는 새벽의 산책 또한 그런 것이리.
아름다움 또한 다르지 않다.
짐짓 허리 펴고 앉아 이마를 드는 저 산의 입정入定
한 마리 산새가 깨워놓는 침묵에 무너지는
거짓말 같은
꿈
막다른 골목의 투항처럼 나는 슬리퍼 사이로 맨발 드러낸 채
삶의 한때를 흔들어놓던 질문들에 매달린다.

# 눈물로 쓰는 시

때로 눈물로 시 쓸 때가 있습니다.
방학이면 급식을 받지 못해
끼니를 걸러야 하는 아이들을 보거나
달구경도 못하는 달동네에서
손주들 데리고 연명하다 자리에 누운
병든 할머니를 보거나
어머니날,
아 으 오 우… 끊어지는 모음의 음절만으로
돌아가신 어머니 생각하며 노래 부르는
뇌성마비 장애인의 '어머니 은혜' 들을 때
눈물보다 시가 더 젖을 때가 있습니다.
아버지는 죽고, 정신이상에 걸린 엄마 옆에서
가장 갖고 싶은 게 뭐냐는 후원자의 질문에
겁먹은 듯 기어드는 소리로
짜장면이 먹고 싶다고 대답하는 아이의 눈망울은
말뿐인 시를 흐느끼게 합니다.
구석구석 숨어 있던 증오와 분노,
세상에 대한 적개심을 어느새 녹여버린
모음뿐인 노래를 따라 부르다

시보다 더 진실한 게 눈물이란 걸
아프게 깨닫습니다.
세상이 외면하는 가난 때문에
세상이 외면하는 아픔 때문에
제대로 못 먹고 병든 사람이
아직도 우리 곁엔 너무 많습니다.

# 바닥論

비켜서지 않고 정면으로 부딪치는 것은
바닥에서나 가능한 일이다.
아무것도 더 잃을 것 없는
바닥에 사는 바닥 생명들이
체면도 욕망도 다 놓아버리는 것은
더 파고 내려갈 데 없는
바닥이기 때문이다.
바닥에 닿은 적 없는 사람들이
바닥을 두려워하는 것은
부딪치는 정면의 아픈 무게가
죽음의 밀도보다 높기 때문이다.

# 시간이 흐른 뒤에 나는 알았네

슬픔이 기쁨을 안고 있다는 사실을
시간이 간 뒤에야 나는 알았네.
처마 끝에 매달려 딸랑거리는
풍경의 저 맑은 노랫소리가
수많은 비바람을 담고 있다는 사실을
세월이 흐른 뒤에야 나는 알았네.
한 생을 까맣게 태워놓고 스러진
절망이 희망의 다른 이름이란 사실을
많은 것 잃은 뒤에 나는 알았네.

# 숲

손 위에 올려놓은 씨앗 한 움큼
지금 나는 손바닥 가득 숲을 올려놓은 것이다.
바람이 산수유 열매를 기억하고
구르는 시냇물이
머리카락 단장하듯 나무뿌리 매만질 때
숲이 했던 약속을 맨살로 느끼는 것이다.
별이 나오는 언덕
새소리 풀어놓는 저녁을 위해
농부의 식탁이 푸르게 물드는 때.

# 비 맞는 나무

우산도 없이 맨몸으로
비 맞는 나무는 비 맞는 나무다.
온종일 줄줄 흘러내리는
천상의 눈물을 온몸으로 감수하는
비 맞는 나무는 인내하는 나무다.
모든 것 다 용서하신 어머니같이
비 맞는 나무는 다 받아들이는 나무다.
온통 빗속을 뚫고 다녀도
날개에 물방울 하나 안 묻히는 바람처럼
젖어도 나무는 젖지 않는다.
세속의 번뇌 온몸으로 씻어내며
묵묵히 경행하는 수행자처럼
맨발로 젖은 땅 디디고 서 있는
비 맞는 나무는 비 안 맞는 나무다.

## 햇살 이야기

모든 것 다 잃어버렸다고 생각한 날
반짝이는 햇살이 다가와 아니라고 말했네.
아무것도 가진 것 없으니
아무것도 잃을 것 없다고
어깨에 앉은 햇살이 내게 아니라고 말했네.

# 기차 타고 싶은 날

이제는 낡아 빛바랜
가방 하나 둘러메고 길을 나선다.
반짝거리는 레일이 햇빛과 만나고
빵처럼 데워진 돌들 밟는
단별의 구두 위로 마음을 내맡긴다.
누군가를 기다리거나
떠나는 친구 하나 배웅하고 싶은
내 마음의 간이역
한 번쯤 이별을 몸짓할 사람 없어도 내 시선은
습관에 목이 묶여 뒤돌아본다.
객실 맨 뒤 칸에 몸을 놓은
젊은 여인 하나
하염없는 표정으로 창밖을 보고
머무르지 못해 안타까운 세월이 문득
꺼낸 손수건 따라 흔들리고 있다.

# 문 앞에 있는 이별

문득 그대 앞에 놓인 생이 끝난다 할 때
어떻게 할 것인가 그대는?
아무런 준비도 없이, 아무런 희망도 없이
아직도 끝내지 못한 일들
들녘의 저 꽃송이처럼 많은데 어떻게 할 것인가?
깜깜한 밤의 하얀 벽에 기대어
흐르는 눈물 흐르는 대로 버려둔다 해도
이미 문 앞에 와 있는 이별을 어떻게 할 것인가?
잠든 아이들의 뺨에 입 맞추고
아무것도 모르는 채 꿈나라에 가 있는 아내가
돌아오길 기다리며
하염없이 그냥 서 있기만 할 것인가 그대는?
문득 내 앞에 놓인 생이 끝난다 할 때
어떻게 할 것인가 나는?
사라진다는 말의 그 남의 것이라고만 여기던 무게를
내 것으로 떠안는 그 순간 나는 과연
어떻게 할 것인가?

## 싸락눈

다 짜내고 버린 치약
어머니 같다.
양치하다 무심코 쳐다본 거울
아버지 같다.
한 순갈 밥상 앞에 쪼그리고 앉아
달그락거리는 수저소리
흙냄새 같다.
흑백사진 속으로 환하게 웃는
먼지 앉은 기억들
큰누이 같다.
마음이 달려가 눈에 밟히는
옛날 살던 그 동네
싸락눈 같다.

## 바람

지도 펴놓고 들여다보라 가고 싶지 않은가.
주왕산 월악산 덕유산 매화산
꺽정이 발길 따라 묘향산과 구월산
마천령 서쪽으로 백석 시인 살던 곳
가고 싶지 않은가.
여량리 봉평리 문곡리 미천리
미치듯 미칠 듯 가고 싶지 않은가.
안나푸르나 강가푸르나 초오유 마칼루
칸첸중가 바라뵈는 산마을에서
때아닌 우박 맞으며 서 있고 싶지 않은가.
끝내 바람인 사람 바람으로 살고
끝내 나무인 사람 나무처럼 살고.

# 무엇이 되는가

새의 가슴이 두근거릴 때마다
숲의 가슴도 두근거린다.
죽어서 새들은 어디에 묻히는가?
죽어서 사람은 어디로 가는가?
다시는 이 별에 오기 싫은 사람 하나
숲의 심장에 누워 두근거린다.
꽃의 가슴이 두근거릴 때마다
나무의 가슴도 두근거린다.
꽃은 떨어져 어디로 가는가?
별은 떨어져 무엇이 되는가?

사랑하기 위해

사람들은

사랑을 앓는다

다만 사랑받기 위해 우린 사랑하지만

그 사랑 깊어지면

어딘가에 누가 존재한다는 사실 하나로도 행복할 수 있다.

초대_캔버스에 아크릴채색_72.1× 53cm_2004

# 패랭이

민들레, 패랭이, 두메양귀비
키 작은 꽃을 보기 위해
무릎을 꿇듯
그렇게 우리는 세상과 만나야 합니다.
그렇게 한 사람을 껴안아야 합니다.

# 귀뚜라미에게 묻는다

그가 가는 길이
어디에 닿아 있는지 묻는다.
별똥별의 폭포와 지구의 자전과
달빛의 음표 사이로 새나오는
풀잎의 한탄과
때늦은 비애와 새벽의 탄식 속으로
가버린 그가 마침내
닿는 곳이 어디인지 묻는다.
몇 만 광년 전 우물 속 별빛이
출렁이는 눈물의 맨살과 만날 때
그가 가는 길이 마침내
어디를 관통하는 건지 귀뚜라미에게 묻는다.

## 아픔의 속도

개미와 모기와
허공을 날아간 새들의 절망을 나는 알지 못한다.
아침내 가지 끝에 머물던
햇살의 휴식을 나는 알지 못한다.
경전에 없는 말로 밭을 일구며
새도록 울어야 할 벌레의 비애를 나는 알지 못한다.
지워도 아쉬울 것 없는
인생의 문장 위에 걸려 있는 저 물음표
어디로 갈 것인지 알 수 없는
오래된 슬픔이 얼굴을 적시고
축제와 기쁨과
허공을 날아가던 시간의 방향과
내 곁을 찾아왔다 떠나가는 것들의
아픔의 속도를 나는 알지 못한다.

# 백일간의 꿈

붉디붉은 저 백일홍을 어머니는 다시 볼 수 있을까?
내 몸은 늙고, 못다 이룬 꿈도 늙어 날개를 접는데
뼈 몇 개의 무게로 등에 업힌 어머니는
간지럼 타는 저 나무를 다시 볼 수 있을까?
백일을 가슴 앓아 꽃은
내딛는 흙 위로 묵은 울음 뿌리는데
피고 지고 또 피어도 사람의 생은
한번 가면 다시 오지 않는다.
한번 가면 모든 것은 다시 돌아오지 않는다.

*배롱나무라고도 불리는 백일홍은 나무껍질을 문지르면 잎이 흔들린다고 해서 간지럼 타는 나무라고도 한다.

## 별의 궤도

모든 병을 고치고 싶지만
모든 병이 고쳐지는 건 아니고
모든 돈을 벌고 싶지만
돈 또한 그렇게 되는 건 아니네.
그 많은 날을 살아봐도 인생은
한 번뿐이고
어디로 돌아가는지 아는 사람 없네.
별똥별 하나 꼬리를 남기고 사라져간 그 자리에
눈길 거두지 못해 밤새 서 있는다 해도
광활한 우주에서 그 누구도
혼자가 아닌 사람 없네.
사랑을 한다고 믿는 일도
사랑을 받는다고 믿는 일도
별똥별 떨어진 뒤 흔적조차 없는 것처럼
사람을 믿는다는 것도
때로 사람에게 속는다는 것도
외로운 우주에서 외롭지 않은 일은 없네.

## 인생이여 고맙습니다

시인이 되고 싶다는 그 아이는
손 대신 발가락 움직여 글 쓴다.
내가 철길에 앉아
달려오는 열차에 뛰어들까 말까 망설이는 그 사이
어머니 등에 업혀 개근했던
또 다른 한 아이는
졸업을 코앞에 둔 채 세상과 이별했다.
꼬부라진 허리, 낙타처럼 등짐 지고
한 묶음 파지를 노끈에 묶어 끌고 가는
팔순의 저 노인이 건너야 할 사막은 어디까진가.
한 조각 빵을 위해
아프리카 소녀들이 몸 팔고 있을 그 사이
검푸른 곰팡이가 세입자처럼
젖은 몸뚱이 끌고 쪽방에 입주하는 그 사이
인생이여 고맙습니다.
마이크 붙잡아 인어공주처럼 노래하며
고무로 된 하체 끌어 바닥을 기어가는
거리의 저 걸인은 누구를 향해 고개를 숙이나.
모든 결핍된 것들은 저마다 생명으로 가득하니

쪽방에게, 풀잎에게, 가버린 열차에게
내가 버리려 했던 세상은 이 세상에 없습니다.
세상에 있는 것은 다 세상이 아니고
세상에 없는 것 또한 세상이 아니니
세상의 몸속에는 가시가 있어
나는 그 가시를 다 살아야 합니다.

*'인생이여 고맙습니다'는 라틴아메리카 민중의 슬픔이 담겨 있는 노래로 시인은 아르헨티나의 국민가수 메르세데스 소사가 부른 노래에서 감동을 받아 이 시를 썼다.

# 아직 만나지 못한 이에게

내 안에 있는 나를
잔기침 누르듯 가라앉히고 세상을 보라.
배추의 푸른 몸이 흙 속에서 자라나고
들깨와 구절초가 순서 바꿔 피고 지는
우리 사는 별의 질서를 눈여겨보라.
네가 나의 적이 되고 나는 너의 적이 되는
가파르고 숨 막히는 전장으로부터 벗어나
들판의 산야초처럼 머물다 가는
별들의 순환을 지켜보라.
아직 만나지 못한 이들 향해 빛처럼 번져가며
따뜻한 마음 부채살처럼 펴
어머니 손길처럼 어루만지라.
빛 따라 창문 여닫는 달맞이꽃 바라보며
우주가 숨 쉬는 깊은 소리에
무릎 꿇고 가만히 귀 기울여보라.

## 공원에서

재미없어, 하며 또 한 사람이 지나가고
버릇처럼 손을 잡으며
재미없어… 누가 또 이야기했다.
하늘은 여전히 푸르다가 흐리기도 하고
월급날을 기다리다 월급날을 잊어버리며 나는
모르는 사람들의 배경으로 찍히기도 하며
적당히 웃어두는 것에 길든 사람들의
재미없는 친구가 되어 살아갔다.
아버지도 그렇게 살아갔을 것이다.
때로 공원을 걷기도 하며
봄이 오는 문 앞에서
수당의 끝자리 수가 바뀐 것만큼도 흥분하지 않으며
여자들이 계절을 기다리고
출세한 사람들의 인생처럼 봄은 오는지
똑똑한 사람들의 배경으로 찍히며 나는
아무것도 없었던 꿈처럼
여전히 아무것도 없을 내일을 생각했다.

# 꽃 떨어져 밟힐 때

꽃 떨어져 밟히는 그 짧은 사이
한 사람의 생애가 왔다가
간다.
바람은 몸 안에 새소리 하나 심어놓고
살구꽃 진 언덕을
남루뿐인 한 생애가 비틀거리며 올라가는 동안
시간은 잠깐
우물에 비친 바람소리 같다.
내가 너를 안을 때
내 안의 우주가 미묘하게 떨리듯
꽃 한 송이 벌어질 때 하늘로 난 창문 하나 열리듯
너는 없지만
그 모든 것과 연결되어 있다.
울던 사람들이 눈물을 닦고
꽃 떨어져 밟히는 길을 손 모으며 걸어갈 때
자신을 쏜 암살자를 향해 합장하며 쓰러지던
마하트마 간디처럼
세상의 슬픔 속에 우린
따뜻한 미소 하나 심을 수가 있을까?

# 시인의 연인

그녀가 말할 때 꽃이 핀다.
바다는 그녀 안에 있고
세상의 시들이 물고기처럼
반짝이는 집어등 따라 별이 된다.
그녀의 자궁 속에 내가 만들어둔
따뜻함과 눈부심의 산호초들이
밤마다 수런거리며 내 꿈을 흔든다.
환하게 불을 밝힌 밤배들이
그녀와 나 사이를 흘러가고 흘러온다.
그녀가 말할 때 꽃이 피고
저물어도 바다는 잠들지 않는다.
눈을 감으면 그녀의 바다가 보인다.
젖어도 차갑지 않은 모래 위로
그녀의 하얀 발이 자국을 남긴다.
지워진 것들이 하나씩 무늬로 번지고
차가운 시를 쓰며 나는
그녀 안에 있는 바다를 만진다.

# 더 먼 바다

내가 알던 바다는
우리가 알던 그 바다가 아니다.
바다는 제 안에 눈물을 길러
떨어지는 별 하나 품어 안지만
내가 알던 슬픔은 이제
너를 적신 그 슬픔이 아니다.
사람이 사람을 사랑하는 것이
사랑이 아니라 눈물이 되는
밀려오는 저 파도는 누가 토한 한숨일까?
별이 떨어진다 꽃 하나 지듯
별이 흐느낀다 누군가 이별하듯
만나고 헤어짐이 숨겨놓은 길 하나
사라진다 사라져 마침내 섬이 된다.

## 린포체

나의 작은 강아지 린포체
이제 그만 자자.
가지 끝 흔들리던 별빛도 숨죽인
익숙한 고독 너머
시간은 흘러 오늘도 밤이 하얀데
무릎 꺾어 눈 맞추는 두메양귀비처럼
바람 불어 꽃 지기 전에
그만 자자 린포체, 사랑을 배우기 전에 먼저
이별이 왔다.

## 내가 부른 노래

밤이 차다
사랑은 돌처럼 식고
빛나던 바다의 별은 알고 보면
수 만 년 전 내가 부른
노래다.
구조를 바라며 보내고 있는
가녀린 저 모르스 부호
외롭다고 말하지 말라.
입김도 얼어붙는 밤이 너무 차다.

# 한 벌의 옷과 한 벌의 사랑

- 김광석을 떠올리며

20년 뒤, 나는 사라질지 모른다.

30년 뒤, 나는 이미 사라지고 없을 것이다.

40년 뒤, 나는 흔적조차 없을 것이다.

어느 별에 가 있는가 그대는?

치마꼬리 잡은 채 졸며 따라가던

방천 시장 골목에 혼자 서서 내 유년이

무용지물 되고 있는 생을 바라보고 있다.

한 벌의 옷과 또 한 벌의 사랑

오랫동안 살았지만 나는 하루도 살지 못했다.

*방천 시장은 대구에 있는 오래된 시장으로 가수 김광석이 어린 시절 살았던 곳이며 시인 또한 인근에서 성장했다. 시인은 방송국 피디로 활동하던 당시 가수 김광석을 처음으로 FM 프로그램의 DJ로 발탁하기도 했는데, 그 당시 언더그라운드 가수였던 김광석은 그 일을 계기로 본격적으로 세상에 이름이 알려지기 시작했다.

## 평행우주

나는 단지 육체적인 존재만은 아니다.
내 몸이 부르는 노래를 길 위에 있는 내가 따라 부를 때
꽃들을 심어놓은 하늘의 정원과
끝나지 않은 여행의 빛나는 체념을 기억하리.
잿빛 탄식으로 피어오르는 산들의 수증기 속에
몸이 끝나는 곳에서 나 또한 끝나리라 믿지 않으리.
강낭콩이 추억하는 푸른 공기와
바람을 묵상하는 새들의 날갯짓에 대지가 깨어나고
별의 한쪽에서 한때 살던 또 다른 별을 명상하며 나는 네게
마음을 다해 긴 편지 쓰리.
나는 너 앞에 반응하는 침묵의 주파수이며
묵언의 별들이 타전하는 고요이니
한 장의 깻잎이 펼쳐놓은 벽안碧眼의 우산 아래
구르는 말言들이 이슬 되어 떨어지고
은하를 가로지른 너의 존재는
막막한 우주의 부유하는 행성일 뿐
나는 단지 육체적인 존재만은 아니니
숨 막히는 시간과 머물 수 없는 고요 속에
뼈 없는 손가락 움직여 세상을 문자 하라.

## 새

새는 날아가기 위해
앉아 있다.
나무 가지 사이로 놓여 있는
아득한 심연을 새는 다만
날갯짓하기 위해 바라보고 있다.
모든 날아가는 것들이 마침내 내려앉아야 하는
생의 바닥을 거절하기 위해 새는
까마득한 높이를 견디고 있는 것이다.
공중을 돌아 착지하는 체조선수처럼
아니면 날아가기 위해 머무는 새처럼
내 삶도 어딘가에 착지할 수 있다면
사뿐하게 착지해 다시 날아갈 수 있다면
발자국 하나 남길 수 없는 허공을 건너 새는
묶여 있던 육체를 벗어나는데
건널 수 없는 것들 넘어 피안彼岸이 있는 건지
나는 미리 내 삶을
추락의 형식 빌려 예행 연습해본다.

# 숟가락

벌레 운다.

처서 지나고 세상은 갑자기 서늘해졌다.

순식간에 식어버린 욕망을 내려놓고

벌레 우는 소리에 마음을 기울인다.

벌레는 사실 우는 것이 아니다.

날개를 비비거나 온몸을 떨며

애원하고 있는지 모른다.

살고 싶다고, 살려달라고

지금 나 죽는다 해도 세상은

눈 하나 깜짝하지 않는다.

나 하나 없어져도 달라질 것 없다.

단지 숟가락 하나 줄어들 뿐

손가락 끝으로 툭, 퉁기는 순간 깨져버리는

물방울처럼

어디에도 내 흔적 찾을 수 없다.

가볍고, 쉬 마르고

아무것도 가져갈 수 없는 그곳에

숟가락이나 있을지 걱정된다.

# 눈물에

하루가 지나갑니다. 내 마음속에 긴, 긴
눈의 통로가 뚫립니다.
그 길은 둥글고 하얗습니다.
바깥을 지나가는 길들은 쉬 꺾이거나 굽어버리고
허리 굽혀 눈의 터널을 따라가는 나는
지난날 헤어진 친구를 찾아야 합니다.
어둡고, 아무도 없고
손전등 하나뿐인 사람들은 이내
지쳐 주저앉습니다.
고단한 어둠을 데리고 오는 삶의 한쪽에서
간신히 피어오르는 건 입김입니다.
눈 위에 돋보기를 대고 나는 햇빛을 모읍니다.
차고 투명한 얼음 한 조각,
누가 두고 간 속눈썹 사이로
세상은 고요하고 아득합니다.

# 옛집

우리 자라던 흔적
지금도 기둥에 간직하고 있는 집
연필 칼로 새겨놓은 내 성장의 눈금 위로
켜켜이 먼지 끼어도
눈만 감으면 금세 떠올릴 수 있는
소박한 얼굴들
반달, 채송화, 봉숭아, 귀뚜라미
만지면 묻어날 듯한
그 시절의 눈물 한 방울
그때,
만약 전쟁이 나서 뿔뿔이 헤어지면
여기저기 찾지 말고
해마다 할머니 제삿날
산소 앞에 가서 만나자던 그 약속
난리가 나도 끄떡없을 할머니 유택
만약 전쟁이 나서 헤어지면
스무 살 되던 해 첫눈 오는 날 만나자던
옆집의 그 단발머리 어디서 살고 있나?
헛간에 매달려 있는 시래기 묶음 바스락거리고

불을 켜면 환해오는 계단 위 그 다락방
발돋움하며 키 잰 표시 여전히
기둥 위에 남아 있는 집
살아온 상처, 마당 가득 묻어놓고 나온
생각하면 언제나 쓸쓸하고 따뜻한
내 유년의 세월 창고

# 월아천

모래 위에 누워 달의 이빨을 만진다.
초승달 같은 네 심장에 귀 기울이면
시간이 빠져나가는 소리가 들린다.
끊임없이 흘러가며 사막은 내 안의 산을
내 밖으로 옮겨놓는다.
멀리 있어도 너는 늘 내 안에 있다.
멀리 있어도 시간은 너를 바깥에서
안으로 옮겨놓는다.
낙타가 남긴 발자국들이
모래에 묻혀 사라지는 그동안
누군가 태어나고 또 누군가 이 별을 떠난다.
말라서 더 이상 샘솟지 않는다 해도
내 안에 깃들어 나를 적시는
너는 나의 기울지 않는 달이다.

*달의 이빨이라는 뜻의 월아천은 실크로드 명사산에 있는 아름다운 호수다.

## 까미수

너는 잠자고, 나는 너를 생각한다.
너는 꿈꾸고, 나는 그 꿈의
아름다운 낭패에 대해 시를 쓴다.
이제 시는 너고
너는 내 안에 일렁이는 밤의 파도다.
적막한 우주 가로질러 네게 가 닿는
꼬리 긴 저 별똥별은 누구의 연서일까?
그 밤, 의자에 앉아
끝없는 별의 발자국 소리 듣던
바다는 이제
새벽의 흰 머리에 물들고 있다.
밤새 내가 썼던 너의 시는
달빛 찰랑대던 우물이었고
꼬리 긴 별똥별이 보낸 침묵이었다.
너는 잠자고, 나는 너를 생각한다.
그리움이, 아무것도 그립지 않다 말하던
네 꿈의 상실에 대해 나는 결코
생각하지 않으리라.
너는 꿈꾸고, 나는 오래 잠들지 않는다.

## 언제나 너는 멀다

내가 느끼지 못한 것을 너는 느낀다.
알 수 없는 너의 느낌
나처럼 너 역시 나를 알 수가 없다.
노란 햇살이 현기증처럼 퍼지고
골목마다 차들이 바퀴벌레처럼 기어나온다.
가까이 있지만 너는 언제나 멀다.
오래된 대문을 소리 내어 밀며
주저앉아 울먹이는 봄날의 상실
흙 한줌 찾기 힘든 바닥을 비집고
햇살보다 노란 민들레가 핀다.
더 이상 나는
너를 견디기를 포기한다.
포기한다는 것은 삶과의 타협
다 그런 거야, 더 이상 세상에 대해 알려고 하지 마.
모르는 척 있는 거야 그저.
삶의 이치에 익숙한 듯
앞서서 가고 있는 너
마음아 너는, 마음아 너는
등 돌린 사람에 길들여지는

새로운 인간관계에 안착한다.

붙들지 못한 마음 좇아 사방팔방 뛰다니는

또 다른 마음이 겪는 행로

네가 알고 있는 것을 나는 정말

알 수 없는 모양이다.

# 하모니카를 잃어버렸네

돌이켜보면 모두 사라져버렸네.
밤새워 이야기하던 친구도
영화 속 주인공을 찾아 헤매던 발길도 지워져
지워져버렸네.
십 년 만에 만난 사람 앞에서도 무덤덤한
잠깐의 반가움이 지나고 나면 시들해지는
망각만이 유일한 나
저기 건물의 유리에 비친 나 또한 내가 아니네.
퀭한 눈빛으로 이쪽을 보고 있는
낯선 저 사내는 도대체 나일 수 없네.
황망히 바퀴 굴려
알 수 없는 복잡함 속으로 떠나는 저 자동차들만이
내가 있는 곳을 안다고 하네.
읽었던 한 권의 책
머리를 들끓게 하던 한때의 이념
열렬했던 사랑마저 내가 아니네.
하숙집 벽 위에 붙여놓았던
몇 줄의 잠언 속에도 나는 없네.
정말 하모니카를 잃어버렸네.

## 떨림

멀리 있어도 나는
그대를 느낀다.
바람이 봄의 숨결을 느끼듯
꽃 한 송이 열릴 때
하늘의 별이 따라 반짝이듯
멀리 있어도 나는
그대가 숨 쉬고 움직이는
미세한 그 떨림에 반응한다.

# 푸른 양귀비

내가 질문하면 너는 대답했지.
그건 소리가 아니었지만
너는 말하고 나는 듣고 있었어.
이 추운 곳에서 어떻게 살아가니?
창백한 얼굴 들어 너는 나를 올려보며
푸르고 조그만 입김 불어 대답해왔지.
얼른 피고 얼른 지는 게 내 운명이야.
다음 날은 바람이 드셌고
너는 이미 사라지고 없었어.
너 따라가는 마음 불러 나는 바람에게 물었지.
꽃들은 어디 갔니? 푸른 양귀비는?
너무 투명한 것들은 오래가지 못하는 법이니
몇 장의 꽃잎으로 하늘 받든 너는 내게
얼른 피고 얼른 지며
세상 넘는 법을 가르쳐줬지.
낙타는 혹을 지고 사막을 넘고
강물은 낮게 흘러 산을 넘는데

혹한의 세상에서 빛나는 것들은

얼른 피고 얼른 지며 스스로를 넘는다.

*히말라야의 높은 산중에 피는 푸른 양귀비는 히말라야의 불교왕국 부탄의 나라꽃이다. 고산의 추운 날씨 속에서 바람만 불어도 금세 꽃잎이 다 떨어지고 마는 이 여린 꽃은 얼른 피고 얼른 지며 한 생을 사는데, 산소가 부족한 고산에서 피는 꽃이라 그런지 창백한 Blue다. 서울의 경복궁을 끼고 있는 동네 서촌에 가면 시인의 친구가 이 시로부터 영감을 받아 만든 '카페 푸른 양귀비'가 티베트 박물관과 한 건물에 있다.

## 별이 빛나는 밤

이제 남은 생, 불꽃같이 살다 가야 하네.
그렇지 그렇게 살다 가야 하는데 난…
난 뭐?
한 생을 그저 불쏘시개로 살았던 것 같아.
불쏘시개면 어떤가. 이제 불 꺼질 때가 가까운데.
그런데 여보게, 인생의 불은 뭘까?

밤은 깊고, 산중의 별은
두레박 내려 길어 올린 샘물같이 찰랑거린다.
여보게, 인생의 불은 뭘까? 묻던 친구의 말을
여보게, 인생의 별은 뭘까? 로 바꿔 물으며 나는
불쏘시개였던 지난 생을 생각하다 잠을 설친다.

# 고별

항아리에 든 재
따뜻하다
가면서도 너는 내게
다정한 말 한마디 건네는구나.

# 푸른 양귀비꽃을 사랑하는 한 자락 바람

_ 고형렬(시인)

새 시집을 상자하고 다시 침묵을 시작하고 있는 김재진 시인을 더 늦기 전에 만났다.

시단 밖에 있으면서 어느 시인보다 치열하게 사유하고 아파하는 시인은 언제나 현역이고 스스로에게 아웃사이더이다. 시인은 소외되어 있으므로 시는 참여자이다. 오히려 숨은 자가 더 시인에 가깝고 비정치적이다. 비정치성이 더 치열한 사회성을 가졌는지 모른다. 시인이란 먼저 자신을 임상하고 치유해야 할 존재이기도 하다.

**고형렬** 어떻게 한 시인의 시집을 다 읽었다고 말할 수 있겠는가. 시를 스쳐갔다고 하는 말이 맞을 것이다. 시 전문지에선 읽을 수 없는 형의 시풍에 대한 당당한 변명과 반론을 듣고 싶다. 자신의 시와 시잡지에 실리는 시와 무엇이 다르다고 보는가?

**김재진** 10년이 훨씬 넘는 세월 동안 시 잡지를 거의 읽지 않아서 지금의 한국시와 내가 쓰는 시를 비교하기가 쉽진 않다. 다만 젊은 시절 신춘문예를 통해 시를 발표하기 시작했던 만큼 나 또한 시 잡지의 시와 크게 다르지 않은 시들을 써왔을 듯하다. 1995년 직장을 그만둔 뒤부터 명상과 마음공부의 길을 찾아 크게 방황했고, 그 방황과 방랑이 내 시의 거름이 되었다. 따라서 시의 언어적인 가치보다 마음을 열어놓는 기능에 더 관심과 애정을 쏟았기에 상처받은 독자들의 공감을 얻게 되지 않았을까 하는 추측을 해본다.

시 잡지에 실리는 시들은 아마 지금도 여전할 것이다. 한 권의 시 잡지를 펴들고 찾아보라. 당신의 마음을 움직이게 하는 시가 그 중 몇 편이나 있던가? 물론 우연히 펴든 신문에서도 내 마음을 움직이는 좋은 시를 발견했던 적이 없었던 건 아니다.

내가 쓴 시가 다 그렇다고 말할 순 없지만, 시 잡지에 실리는 시와 내 시의 다른 점을 구태여 거론해야 한다면, 시인 아닌 사람이 읽었을 때도 공감할 수 있다는 점이다. 대중의 마음을 움직인다는 건 꼭 선동가나 정치가만 할 수 있는 일은 아니다. 제한된 영역이지만, 아직도 시인에겐 그런 가능성이 남아 있다.

**고형렬** 현대인의 트라우마는 어디서 왔고 그것을 어떻게 치유할 수 있을까. "달이 구름을 빠져나가듯"한 치유는 한마디로 무엇인가. 다른 사랑인가. 순간의 활연관통인가.

**김재진** 현대인은 소유와 상실에 대한 트라우마를 가지고 있다. 무엇인가를 소유하는 것을 행복이라고 믿는 대부분의 사람들은 더 행복해지기 위해 더 불행해지는 일을 서슴없이 행한다. '더 많이 행복해지기 위해 사람들은 더 많이 불행해져도 괜찮다고 믿는' 것이다.

시인들 또한 마찬가지다. 시를 쓴다고 해서 그런 트라우마로부터 자유로울 수 없고, 시인이라 불리는 것이 대단한 명예라도 되는 양 탐하는 사람들은 그것 또한 소유라 여겨 시인이란 이름을 가지려 애쓴다. 라즈니쉬는 그렇게 말했다. '한 편의 시를 쓰지 않아도 시인인 사람이 있고, 천 편의 시를 썼다 해도 시인 아닌 사람이 있다'고.

나는 한 편의 시를 쓰지 않아도 삶이 시인이었으면 좋겠고, 그런 사람들과 시의 도반이 되었으면 좋겠다.

요즘 치유라는 말이 유행어처럼 떠도는데, 치유란 나 자신을 온전히 하기 위한 일 아닐까? 먼저 나 자신부터 치유받아야 할 대상이다.

**고형렬** 붓다는 최고 깨달음의 미학을 무상감이라고 했다. 나는 좀 시행이 길더라도 후반부의 시들이 시상 전개가 자유로워서 좋았다. 예컨대 〈평행우주〉의 "나는 단지 육체적인 존재만은 아니다"가 그런 시행이다. 특히 4행의 "끝나지 않은 여행의 빛나는 체념을 기억하리"라는 시행이 인상적이다. 그런 체념을 선물하는 시를 읽은 건 오래전이다. 이 시집이 치유법일 수 있는 그 '빛나는 체념'이란 김 형에게 있어서 무엇인가.

**김재진** 붓다가 말한 무상을 한마디로 말한다면, '변하지 않는 것은 아무것도 없다'가 될 것이다. 역설적으로, 변하지 않는 것은 단 한 가지-모든 것은 다 변한다-일 것이다. 그러나 그것은 붓다의 연기법을 제대로 이해할 때 비로소 알게 되는 진리다. 언젠가 우연히 본 어느 시 잡지에서, 한 유명 시인이 불교를 허무주의라고 말하는 것을 읽고 아연실색했다. 그것은 연기에 대해 아무것도 모르기 때문에 하는 소리다. 〈평행우주〉라는 시의 제목은 미치오 카쿠가 지은《평행우주》를 읽고 난 뒤의 감동 때문에 그런 제목을 붙였지만, 양자역학에 대한 얼마간의 지식을 필요로 하는 그 책과 이 시가 물리적인 연관성을 가지고 있는 것은 아니다. 이 시의 4행에 나오는 '빛나는 체념' 또한 읽는 이에 따라 다른 해석이 가능하겠지만, 이 구절을 통해 얻을 수 있는 무한한 상상력을 제한시키며 말하자면, 그것은 나 자신이 인생에서 겪은 쓰라린 실패와 좌절의 경험을 의미한다. 그것은 필연적으로 체념을 불러오지만, 실패와 좌절만큼 찬란한 훈장이 인생에 어디 있겠는가?

**고형렬** 20세기 후반에 와서 작가는 죽었다고 했다. 가혹하게 말해서 시인이란 이름이 더 이상 새롭지 않을 수도 있다. 문학의 매력이 사라진 것일까. 보고 싶은 작가도 숨어 있는 시인도 없는 사회가 된 결과일까. 나는 그것을 '나시裸詩'라 부르고 싶다. 시가 뻔뻔해진 것일까 타락한 것일까 무능해진 것일까. 시인의 영혼과 언어가 공기 중에 노출되어 죽은 것일까. 사회는 물론 시단에서조차 시인이 존경받지 못하게 된 까닭이 무엇이라고 생각하는가.

**김재진** 시인이라는 이름의 위선이나 과잉된 고통의 제스처를 버려야 한다. 나나 당신이나 아무도 알아주지 않는다. 아무도 알아주지 않는다는 그것에 당신은 정직해야 한다. 당신의 시가 읽히기를 원한다면 그렇다고 정직하게 대답하라. 당신의 책이 팔리길 원한다면, 그것 또한 스스로에게 그렇다고 답하라. 읽히거나 팔리는 것은 소통을 의미

한다. 당신은 소통 불능의 막혀 있는 존재가 아닌가? 시는 대단할 수 있지만, 당신이 쓰는 시는 그다지 대단한 것이 아니다. 그것을 인정하고 겸허해지라. 한 편의 시도 쓴 적 없어도 삶 자체가 시인인 당신의 어머니나 아버지를 기억하라.

**고형렬** 90년대에 포스트모더니즘에 일격을 받았지만 보들레르의 모더니즘 발현(권태, 일상성, 헛됨 등)은 아직도 새롭고자 한다. 권태, 반복 등을 견디지 못하는 것, 그리고 그것들을 파괴하는 것 자체가 또 다른 증상이 되었다. 새것에 대한 오염은 더 빠르게 진행된다. 지난 세기에 '치유'를 발견하면서 문학의 본질과 기능에 대해 다시 고민하기 시작했다. 그런데 병이 없다면 인간은 오만해질 것이고 병이 없는 사회는 더 위험할 것이다. 그것은 죽음이 없는 인간과 같은 것이다. 시는 광산과 같은 인간을 채굴하면서 갈등과 모순에 심미적 언어의 의상을 입힌다. 언제나 위장되고 가라앉힌 욕망의 병은 다시 위로 치밀어오를 수 있다. 마음의 언어를 다루는 시인으로서, 또 상처를 치유하는 상담자로서 한국사회를 지배하는 병은 무엇이라고 진단하고 있는가?

**김재진** 사회학자도 아닌 내가 한국사회의 병을 어찌 진단할 수 있겠는가. 나 또한 그저 살기 위해 노력했고 힘들어했다. 다만 시와 치유에 대해서는, 나는 먼저 나 자신을 위로하기 위해 시를 썼다. 그러나 '나'라는 소우주의 경계를 넘어 '우리'라는 대우주로 나가며 시가 타인을 위로할 수 있다면 좋을 것이다. 내가 쓴 시 한 편으로 커다란 위안을 받았다는 독자의 메일을 종종 받는다. 인터넷을 검색해보라. 종

종이란 표현이 주는 의외성에 당신은 당황하게 될지도 모른다. 그러나 독자의 그런 고백을 접하는 순간 나 또한 당황한다. 내 시가 타인을 위로할 수 있다는 사실에 고무되기보다, 그것은 우연이거나 독자의 민감한 감수성 탓일지도 모른다는 선입견이 앞서 달려 나오기 때문이다. 급격한 경제 성장을 이룩한 한국사회는 물질적으로는 풍요로워졌을지 모르지만 정신적으로는 불안정하기 짝이 없다. 그러나 물질적인 풍요는 결코 정신의 풍요로 연결되지 않는다. 세계 최빈국 중 하나인 부탄을 보라. 그들은 GNP 대신 GHP를 내세운다. GHP의 H는 해피를 뜻하며, 내가 찾아본 국가 중에 가장 행복한 미소를 간직하고 있는 나라는 부탄이었다. 그러나 마치 인류의 '오래된 미래'였던 라다크처럼 물질문명이 들어가면서 부탄 또한 행복을 상실할 가능성이 크다. 한국사회뿐 아니라 현대사회를 지배하는 병은 행복의 가치를 소유의 많고 적음으로 환산하는 습관으로부터 비롯되었을 것이다.

시인들이 가장 많이 배출되던 1980년대 속에 우리는 함께 있었다. 불교방송국이 개국되고 수년 뒤, 그는 문단에서 사라졌다. 그리고 한 세월이 흘렀다. IMF시절에 퇴직은 그의 삶을 뒤흔들어놓았다. 여기서부터 김재진 시인의 은둔과 변모가 시작되었다. 그것은 '혼자'를 경험하는 것이고 동시에 새로운 출발이 되었다. 그가 죽음을 선택하지 않고 살아 있게 되는 한은 말이다.

**고형렬** 불교방송국 시절이 마감되고 형에게 삶의 전환기가 온 걸로 안다. 동시에 그 후 베스트셀러 시인이 되고, 안나푸르나를 사랑하게 되고, 푸른 양귀비를 만나고, 유나방송국을 개국하게 된다. 이 모든 일은 히말라야 쪽으로 떠난 형의 앞날이 되는 것이라고 말하는 것이 맞을 것이다. 왜 그곳으로 갔는가. 가장 힘든 시절을 말해주기 바란다.

**김재진** KBS로부터 시작해 불교방송으로 이어졌던, 천직이라고 생각하던 PD짓을 그만두고 나는 청취자 또는 시청자들로부터 떨어진 생활을 하게 되었다. 청취율이나 시청률 같은 피드백을 생명으로 여기는 직업으로부터 멀어진다는 것은 그 당시의 내겐 견디기 힘든 소외였다. 그러나 그 소외로부터 나는 배우게 되었다. 그 배움의 과정에서 마주친 것이 히말라야였다. 1994년 먼발치에서 히말라야를 봤고, 처음 안나푸르나에 가게 된 것이 1995년 겨울이었다. 그때부터 내 발길은 히말라야 인근 국가인 인도, 네팔, 티베트, 부탄으로 이어져 갔다. 푸른 양귀비는 히말라야 산중에 있는 불교 왕국인 부탄의 나라꽃으로, 대략 해발 5,000 미터가 되는 고산에서 핀다. 해발 5,000미터에 가보라 어떤지. 높이에 의해 생과 사의 경계가 갈라지는 그곳은 부족한 산소량 때문에 환각을 경험할 수도 있다. 백두산에 가서 두메양귀비를 보신 분들은 알겠지만, 노란 두메양귀비와 달리 파란색으로 피는 푸른 양귀비는 고산의 거센 바람과 날씨를 견디기 위해 자세를 낮춰 얼른 피고 얼른 진다. 산소가 부족한 곳에서 피는 꽃이라 푸른 양귀비라 이름 붙였지만 사실은 Green이 아니라 Blue이며, 꽃잎의 살결이 금방이라도 날아갈 듯한 창백한 블루가 그 꽃의 빛깔이다. 푸른 양귀비를 보며 나는 오랜 옛날 논산 훈련소 내무반 탁자 위에서 피어나던 창백한 진달래를 떠올렸다. 구타가 일상의 일이던 1978년도의 훈련소 내무반에 생뚱맞게 놓여 있던 진달래 화분, 그 화분 속에서 예민한 생명을 이어가던 진달래가 어느 날 창백한 분홍빛으로 피어날 때 폭력과 폭언 속에 움츠려 있던 내 영혼은 감동했다. 푸른 양귀비를 보고 느꼈던 감동도 그와 비슷했고, 그 감동의 힘으로 나는 어려운 시절을 견디어 왔다.

**고형렬** 내 생각에 형은 시를 치유 가능한 기능과 가치로 보는 것 같다. 막연한 시가 아니라 시인의 내부에서 명령하는 언어는 시적 효능을 강조하는 것. 비교적 분명한 효과와 목적으로 작품을 창작하는가. 시를 쓰는 이유와 목적은 다 다를 수 있으므로 문제될 것은 없다. 오히려 내겐 시에 대한 형의 입장이 더 분명해 보인다. 다른 '어떤 시-신비의 힘을 가진 시' '쉬운 시'를 쓰려고 하는 것 같은데, 그쪽으로 나아가는 이유는 무엇이며 어떤 가능성이 있다고 보는가.

**김재진** 사실 내겐 시를 쓰는 이유나 목적 같은 것이 없다. 흘려들어도 좋을 말이지만, 그분이 올 때 나는 시를 쓴다. 마치 신들린 사람처럼 앓으며 하루에도 몇 편씩 쏟아내는 동안 이유나 목적 때문이 아니라 시는 그냥 탄생하는 것이다. 그러나 그렇게 쓴 시를 나는 쓰고는 대부분 잊어버린다. 가장 쓰기 어려운 시는 쉬운 시이며, 바꾸어 말하면 그것은 단순해지기가 그만큼 쉽지 않다는 말이기도 하다. 깨달음을 얻기 위해선, 일체의 분별심과 망상을 버리고 단순해져야 한다는데, 그렇게 해서 깨달음 근처에 다다를 때 우리는 깨달음이라는 게 결코 얻거나 구해서 되는 것이 아니고 단지 기억하기만 하면 된다는 사실을 깨닫게 된다.

시 또한 그와 다르지 않아 좋은 시는 얻거나 구하려 한다 해서 얻어지는 것이 아니다. 네루다는 그래서 아마 '시가 내게로 왔다'고 했을 것이다. 그냥 그렇게 시는 내게로 오는 것이다.

**고형렬** 어느 시인이 시잡지를 '내부통신문'이라고 조롱했다고 한다. 내부통신문도 은밀하고 수준 높은 것이라면 권할 만하고 또 사볼 만할 구매동기가 발생할 것이다. 1919년 2월 1일 창간된 〈창조〉 이후, 한국문학은 동인지 성격이 강하고 그것으로 상업주의 밖에서 출혈과 투자로 우리 문학은 발전해왔다. 문학적 수준과 에꼴을 갖추었느냐를 문제 삼을 수는 없지만, 뜻 맞는 시인들끼리 지면을 만들어 좋은 작품을 싣는 것을 비판할 순 없는 일이다. 비교적 시단 밖에 있는 시인으로서 시지가 반성해야 할 것은 무엇이라고 보는가?

**김재진** 내부통신문도 일정한 수준의 가치가 있는 것은 사실이다. 다만 그것의 폐쇄성을 비판할 뿐이다. 나는 80년대 이후 시인들의 이름도 거의 모른다. 그들 또한 내 이름 석자를 아는 이가 드물 것이다. 나는 시지에 시를 발표할 기회도 없었고 그다지 큰 관심도 없었다. 시단 밖에 있다는 말은 곧 시지에 시를 발표하지 않는다는 말과 다르지 않고, 시를 쓰는 인물들과 교류하지 않는다는 말과 다르지 않다. 시단이란 것이 어떻게 존재하는지 나는 모르지만, 그것이 사교계와 구별되는 변별성이 있어야 한다는 것이 지금까지의 내 생각일 뿐이다. 언젠가 상을 받는 고향 친구 덕분에 시상식 뒤풀이에 앉아 있었던 적이 있었다. 서울에 살고 있던 나는 아는 사람이 거의 없는데, 지방에 있던 친구들이 뒤풀이에 온 시인, 문인들과 모두 아는 사이라는 게 나는 신기했다. 그러나 시를 쓰는 데 무슨 협회가 필요하며, 시를 쓰는 데 무슨 친목이 필요한지 나는 아직도 알 수가 없다. 독자보다 시인이 더 많다는 이런 현실 속에서 돈도 안 되는 시지를 만드는 사람들의 노력 또한 갸륵하고 기특하지만 그들이 안 되는 돈 외에 얻고자 하는 것이 무엇인지 정직하게 들여다봐야 한다.

우리는 아직 아무도 시인이 아닌지도 모른다. 아무리 시를 써도 시인이 아닌 것 같은 미도착증을 불면증처럼 겪은 사람도 있다. 언어가 권력이 아니고자 몸부림치는 자도 있을 것이다. 살아서 아무도 시인이 아니며 죽어서 시인이 될 수 있을지 모른다. 시인이면서 시인이 아니고 싶은 욕망도 없지 않을 것이며 시를 정지시키고 싶은 마음도 없지 않을 것이다. 또 시인에게 중심은 변방이 되고 변방이 중심이 된다. 안나푸르나처럼.

**고형렬** 형의 베스트셀러 시집《누구나 혼자이지 않은 사람은 없다》는 어떻게 탄생한 것인가. 나는 어느 이발소에서 이 제목을 얻었다고 들었다. 좋은 시는 어떻게 쓴다고 보는가. 시는 태어나는 것인가 시인이 찾는 것인가. 아울러 형의 시 중에서 독자가 제일 좋아하는 시는 어느 작품인가. 그 작품으로 말해주기 바란다.

**김재진** 《누구나 혼자이지 않은 사람은 없다》는 대중적인 인기를 얻은 시집이며 1997년 발간된 이후 지금까지 팔리고 있는 책이다. 말이 전업작가이지 실직자일 뿐이던 그 시절, 가진 재주라곤 글 쓰는 일밖에 없었고, 책이 팔려야 먹고 살 수 있는 절박한 상황이 그 책을 쓰게 된 원동력이 되었다. 그러나 그 시집의 시들이 다 좋은 시라고 나는 생각하지 않으며, 특히 표제작인 '누구나 혼자이지 않은 사람은 없다'

는 비록 사람들의 인기를 얻었을지언정 시적인 완성도가 높은 시는 아니라는 것이 내 생각이다.

독자가 좋아하는 내 시 또한 내가 유일하게 암기하고 있는 시를 올린다.

당신이 내 안에 못 하나 박고 간 뒤
오랫동안 그 못 뺄 수 없었습니다.
덧나는 상처가 두려워서가 아니라
아무것도 당신이 남겨놓지 않았기에
말 없는 못 하나도 소중해서입니다.

_〈못〉 전문

**고형렬** 2011년 봄 포카라에서 사랑코트에 올라 새벽에 아직 그 누구도 등정하지 못한 마차푸차레 너머 남쪽에 숨어 있는 안나푸르나를 보았다. 그때 나는 인간은 빛처럼 멀리 가고 싶어 하는 존재라고 생각했다. 지구의 지붕이지만 문명의 가장 변방에 서 있는 것이 안나푸르나일 것이다. 그곳은 정말 외롭고 높고 멀고 희다. 안나푸르나는 언제 왜 갔는가. 거기서 변화된 것은, 본 것은 무엇인가. 자신을 안나푸르나의 일부라고 생각하는가. 형이 본 안나푸르나를 말해주기 바란다.

**김재진** '인간은 빛처럼 멀리 가고 싶어 하는 존재'라는 표현이 좋다. 안나푸르나는 내게 언제나 그리움의 대상이다. 1995년, 페와 호수에 비친 석양의 안나푸르나 연봉에 반해 아무것도 모르는 상태로 산으로 들어갔고, 그 후 열 번도 넘게 그곳에 갔다.

히말라야가 있는 카트만두와 포카라는 내 마음의 고향 같은 곳이다. 지금도 안나푸르나를 떠올리면 눈물이 흐르는 것은 무엇 때문일까? 내 마흔의 모든 것은 그곳에 대한 그리움에 바쳐졌으며 40대의 마지막 여행을 나는 부탄 왕국에서 마쳤다. 인간은 빛처럼 멀리 가고 싶어 하기도 하지만 빛처럼 스러지기 쉬운 존재이기도 하다. 바람에 흔들리는 촛불의 빛을 보라.

**고형렬** 혹시 형은 지금도 치유 중에 있는 것은 아닌가. 나는 지금도 병중이며 만물도 그렇다고 본다. 병은 영원히 낫지 않을 것이다. 또 그 병이 낫지 않길 바라기도 한다. 그러면 우리는 병을 가지고 죽을 것이다. 미완이고 숙제이다. 부탄 왕국의 푸른 양귀비꽃은 생각만 하면 가슴이 아파온다. 양귀비꽃을 보고 치유된 것은 무엇인가. 병이 없다면 안나푸르나도 양귀비꽃도 가장 깊고 높은 구채구도 찾아가지 않을 것이다. 어떻게 생각하는가.

**김재진** 나 역시 치유가 필요한 사람이다. 누군가를 치유하는 일에 헌신하고 있지만, 우리는 모두 연결되어 있고, 나의 치유가 곧 너의 치유와 연결되어 있다는 사실을 마음에 대한 공부를 하며 절절이 느끼고 있다.

푸른 양귀비는 마치 잃어버린 애인 같다. 그 차가운 곳에 그녀를 두고 와야 했던 내 심정이 어떨지 상상에 맡긴다. 안나푸르나는 풍요의 여신이란 뜻을 가지고 있다. 만년설 덮인 풍요의 여신을 바라보며 나는 다시 한 번 한 떨기 푸른 양귀비를 안고 싶다. 해발 6,993미터의 성산 마차푸차레가 바라뵈는 촘롱쯤에서 여장을 풀고 그녀를 보기 위해 무릎을 꿇고 싶다. 아, 사랑이여.

유나방송은 《빈처》의 작가 현진건이 살던 집터 위쪽에 있다. 최근 47개국으로 인터넷 송출을 한다. 아웃사이더가 되어 더 먼 곳으로 떠난 자들과 온라인으로 만난다. 떠난 자들이 한자리에서 만나는 이것은 사이버가 아닌 실존의 공간 같다. 말하자면 뜨거운 온라인이다. 이것이 시적인 생이 아니고 무엇일까.

**고형렬** 스승은 살아 있는 진리의 화신이라 하면서 붓다는 우리가 직접 만나기 어렵다고 말한 티벳의 소갈 린포체의 말이 떠오른다. 도시 사회엔 '진리의 화신'이 없다고들 한다. 삼십대 후반에 '하나의 말'을 《대반열반경》에서 보고 기뻐한 적이 있다. 세간지부이다. 남자들에겐 '아버지'의 부재를 찾는 마음의 거울이 늘 작용한다. 아버지는 허무와 신과 관련이 있을 것이다. 나도 《금강경》의 무아상을 거울로 삼지만 달라이 라마가 말한 '가장 낮은 단계의 의식'을 좋아한다. 그건 희미한 거울 같아서 좋다. 우리나라에서 달라이 라마를 접견한 시인은 아마도 형이 처음인 걸로 아는데 언제 그를 만나러 갔는가. 접견법문을 들었다는데 무슨 말을 해주던가. 그리고 아이덴티티 같은 것이 그분에게 있던가. 그분으로부터 받은 느낌을 솔직하게 말해주기 바란다.

**김재진** 그럴까? 내가 달라이 라마를 처음 만난 시인일까? 어쨌건 달라이 라마와 악수를 할 정도의 거리에서 본 것은 사실이다. 2002년이나 2003년쯤의 일일 것이다. 악수 대신 성자는 합장을 하며 미소를 지었고, 함께 간 내 큰아이를 나는 그분께 소개했다. 티베트 불교에서는 환생한 사람을 툴쿠라 부르는데, 툴쿠의 대표적인 예인 달라이 라마로부터 나는 아이가 영적인 진화를 이루기를 소원했다.

달라이 라마는 자기를 내세우는 아상이 없는 분이었다. 투박한 목소리로 영어 법문을 하셨던 그분께 나는 전혀 거부감이 없었고, 마음속에 따뜻한 불이 켜지는 듯한 느낌을 받았다. 티베트의 많은 전통과 문화를 신비주의적인 관점에서 바라보곤 하지만, 그는 우리가 알고 있는 신비주의와는 거리가 먼 합리적이고 진취적인 생각을 가진 어른이셨다.

**고형렬** 나는 영문판 루미의 그림시집을 읽었다. 그 중 "Why do you stay in parison / when the door is so wide open"이 오래 남는 구절이다. 그들의 시는 제목이 없다. 명상하는 신비주의 시인들 중에서 형이 가장 좋아하는 시인과 작품 하나를 소개해주기 바란다. 아울러 그들 시의 특징은 무엇인지 말해주기 바란다. 수사가 화려한지 직관적인지도 함께. 그들의 시에서 본다면 시란 무엇인가. 치유보다 높은 차원의 구원인가, 기도인가, 찬시인가.

**김재진** 루미나 까비르 같은 시인의 시를 우리가 알고 있는 시의 관점으로 볼 수는 없다. 그들의 시는 잠언과 같은 것이며, 선승의 게송과 같은 계열로 봐야 하니 우리의 현대시보다 하이쿠와 더 가깝다. 당연히 그들의 언어는 화려한 것보다 직관적이다. 선에서 불립문자니 직지인심이니 하는 말을 사용하지만, 그들의 시야말로 불립문자이며 직지인심이다.

내가 좋아하는 까비르의 시에는 이런 구절이 있다.

우리는 새와 짐승과 개미를 사랑하는
어떤 영혼이 있음을 안다.
그건 아마 그대가 어머니 배 속에 있을 때
그대에게 빛을 주던 바로 그 존재일 것이다.

14세기 페르시아의 시인 하피즈는 또 이런 시를 쓰기도 했다.

너무 빨리 외로움을 항복시키지 말라.
외로움의 칼이 당신을 더 깊숙이 베게 하라.
외로움이 당신을 발효시키고 맛을 내게 하라.
어떤 사람도
천상의 어떤 재료도 그렇게 하지는 못한다.

**고형렬** 마지막 질문이다. 나는 화자와 타자의 주제는 당분간 잠과 치유가 아닐까 싶다. 죽음도 그 속에 포함된다. 마음의 상처는 깊어지고 시는 다른 것들을 지향하고 있는 것 같다. 영혼은 시를 찾지 않아도 되고 시는 상처를 외면해도 되는 걸까. 그렇더라도 치유가 시의 전부일 순 없을 것이다. 치유는 부분집합일 것이다. 그러나 부분은 전체보다 영향력이 클 수도 있다. 그런데 그것이 꼭 다른 길일까. 현대시의 본질과 가치는 무엇이라고 생각하는가. 아울러 형 시의 렌즈의 초점은 앞으로 어디에 맞출 예정인가?

**김재진** 고형렬 형은 너무 형이상학적이다. 물질인 몸뚱이로 버티고 있는 '나'는 지극히 형이하학적인 존재이며, 내가 쓰는 시는 진리로서의 공이 아닌 허무로서의 공이다. 진리를 질그릇에 담는 항아리 같은 시를 쓰고 싶다는 생각을 하긴 하지만, 그 또한 내 삶의 초점은 아니다. 그분이 오시면 다만 쓸 뿐이며, 쓰는 것보다는 사는 것에 포커스가 가 있는 나의 행로는 순간순간을 알아차림하며 조금씩 죽음을 향해 나아갈 뿐이다.

의사와 같은 인상을 주는 김재진 형과 헤어진 뒤, 길에서 혼자 보현봉을 쳐다본다. 설잠(김시습의 호)이다. 서울에서 보는 흰 눈의 일몰이 춥다. 산소 부족을 겪을 올해의 푸른 양귀비 꽃을 걱정한다. 이런 것은 인간이 걱정할 일이 아니라 노래해야 할 현존의 꿈일지 모른다. 문득 김재진 시인을 '푸른 양귀비꽃'을 사랑하는 한 자락 바람이라고 말하고 싶지만 웬 애상이랴.

내가 앓는 병을 발견하고 만진다. 시인이 자신을 치유한 언어의 얼개가 잘 형성되지 않으면 타자를 전이시키고 치유할 수 없다. 언제나 시는 형식으로부터 자유로울 수 없는 한계에 있지만 또 그 이상의 형식 장르가 이 지상엔 없다. 그 어떤 진리도 시의 의상을 입고 싶어 하고 또 걸쳐야만 어떤 슬픔이고 꿈이고 간에 공유될 수 있을 것이다.

고형렬 시인은 1979년 현대문학 추천으로 문단에 나와 시집 〈대청봉수박밭〉, 〈유리체를 통과하다〉 등을 간행했고 대한민국문화예술상과 백석문학상을 수상했다.
*이 인터뷰는 시 전문지 〈시평〉에 수록되었던 글입니다.